KB202560

말씀 안에서
차원이 다른
인생을 살자

감사와 기쁨과 사랑을 전하자

말씀 안에서 차원이 다른 인생을 살자

김왕기 지음

여러분들은 현명한 선택을 하리라 믿습니다.

덤으로 사는 나의 삶, 모든 사람에게 감사와
기쁨을 즐거움을 주는 생활을 하자.

좋은땅

서문

김왕기 작가는 당진군 시곡리 918번지 전형적인 시곡마을에서 3남 3녀 중 막내로 태어났다.

나의 아버님은 내가 두 살 때 돌아가셨다.

초등학교 운동회 때 어머님과 아버님이 함께 참석하는 친구들을 볼 때 얼마나 부러워했는지~.

어릴 적에 아버님의 흑백 증명사진을 한 장 가지고 있었다. 나는 어머님에게 혼이 날 때 아버님을 얼마나 그리워했는지 사진을 이불 속에서 보면서 얼마나 울먹였는지 모른다. 어머님의 사랑의 회초리가 지금은 얼마나 감사한 일인지 모른다.

내가 성장해서 아버님의 흑백 증명사진을 가지고 영정 사진을 만들려고 했는데 시골집을 허물고, 새 집을 짓고 나서 유일한 아버님의 증명사진을 어느 곳에 놓았는지 도저히 찾을 수가 없었다.

그래서 전에 있었던 당진읍사무소, 학교, 집안 어르신들과 함께 찍었던 사진을 찾으려고 동분서주했지만 사진 한 장이 얼마나 귀한지 한 장도 없었다.

어머님의 아버님이 청년 시절에 일제 강제 동원되었다는 말씀과 아버님의 동네 친구이신 정일환 어르신과의 면담을 통해서 구술로 전해 듣고 공문을 국가 기록에 발송하여 아버님이 일제 강제 동원 기록이 있음을 확인하였다.

얼마나 감사한 일인지 그때 아버님을 다시 찾은 기분이었다.

누님들은 제대로 학교도 못 다니고 직업 전선에서 직장을 다녔고, 나는 그래도 막내인 덕에 큰형님이 아버지의 역할을 하셔서 원하는 4년제 대학은 아니지만 예산전문대학에 장학생으로 다닐 수 있었다.

아버님이 살아 계셨으면 4년제 대학에 다닐 수 있는 성적은 되었지만 돌아가셨기에 등록금과 월세 등등의 비용으로 다닐 수가 없었다.

학교 졸업 후 입영한 후 전역하여 공무원 시험 준비를 하면서 한국방송통신대학교에 편입하여 농어촌개발학과를 무사히 마쳤고 공무원 시험도 합격하여 고대면사무소에 첫 발령을 받아 벅찬 공직의 첫발을 내딛게 되었다.

함께 근무한 한 선배님을 통해 현재 살고 있는 아내를 소개받고 약 2년 만에 결혼하게 되었다.

막내인 나로서는 노모님을 모시고 함께 시골집에서 산다는 것은 쉬운 일은 아니었다. 그러나 아내는 어려운 내색 없이 어머님이 천국 가시는 날까지 함께해 줘서 얼마나 감사한지 그 고마움을 글로나마 적어 본다.

또 나의 큰 교통사고로 아내의 속을 얼마나 썩였는지 모른다.

나의 큰 교통사고는 송산면사무소 산업팀장으로 발령받아 근무하던 때였다. 한 기자분이 전화로 길상 고추 재배 농가 안내를 부탁해 고추 농가 출장을 가던 중에 사고를 당해 서울성모병원에 입원했고 나는 다음 날에 깨어났다.

그래도 불행 중 다행으로 머리 수술은 안 하고 약으로 대신하고, 왼쪽 눈 수술을 받게 되었다. 수술 이후 한 달간의 병원

생활과 1년간의 통원 치료를 받아 완쾌되었고, 공무상 수술로 인하여 눈의 시력이 많이 떨어지게 되었다.

그 후 국가유공자 신청을 하여 약 1년 넘는 자료와 보훈처의 심사를 마쳐서 2008년 국가유공자 증서를 받게 되었다.

그 사고로 눈과 안면 신경, 후각이 정상으로 돌아오지는 않았지만 눈 수술로 한 시력 저하로 유공자 증서를 받아 천만다행이었다. 모두가 기적이고, 하나님의 큰 은혜였다.

큰 사고 후 어둠으로 사는 인생, 남을 위해 봉사하면서 살아야겠다는 생각을 갖게 되어 한 달에 한 번 참석하는 공무원 누리봉사단에 가입하게 되었다. 공직을 수행하면서 누리단 봉사활동을 통해 봉사도 알아야 그곳에 맞는 봉사를 위해 배워야 하겠다는 마음을 가지게 되었다.

참사랑복지재단을 방문하여 목욕봉사와 청소 등을 통하여 복지 쪽에 관심을 갖게 되어 2007년 신성대학교 복지행정과에 입학하는 계기가 되었다. 그 후 사회복지사와 요양보호사 자격증까지 갖게 되었다. 이후 더 많은 관심을 갖게 되면서 다음 해에 한서대학교 대학원에 입학하여 석사 과정을 마치고, 고민 중에 『실행이 답이다』라는 책을 읽고 나서 바로 박사 과정에 입문하여 사회복지학 박사 자격까지 마치게 되었다.

그동안 아무런 내색 없이 수고해 주신 사랑하는 아내에게 찬사를 보내고, 논문 지도를 위해 수고해 주신 한정란 교수님에게 감사합니다.

군청(현재는 당진시청)과 7개 읍면사무소를 두루 다니면서 35년 9개월의 공직을 마무리하게 되었다. 그동안 함께한 선·후배님, 동료들에게 감사한 마음을 전한다.

나는 끊임없는 성장을 위해 끝없이 배움의 길로 갈 것입니다.

차례

이 책을 읽는 독자들에게

> "어리석은 자는 그의 마음에 이르기를 하나님이 없다 하도다. 그들은 부패하며 가증한 악을 행함이여 선을 행하는 자가 없도다."(시 55:1)

성경을 읽으며 내가 얼마나 크게 깨닫게 되었는지 모른다.

성도 시절에는 젊음과 자기 자신이 제일이라는 일념으로 생활하게 된 것을 회개합니다.

집사, 권사, 장로로 살아가면서 저 역시 믿음 없는 성도 시절에는 하나님이 없다라고 하면서 자랐습니다.

지금 생각하면서 성경을 한 번도 읽어 보지 못한 것이 얼마나 어리석었는지 모른다.

특히 고학력 시대에 살아가면서 성경을 읽지 않은 사람이 얼마나 많은지….

세계 최고의 베스트셀러라는 성경을 한 번도 읽지 않는 것이 얼마나 어리석은 일인지 깨닫게 된다.

내가 첫 페이지에 이 글을 담은 것은 나 같은 어리석은 사람이 되지 말고, 이 글을 읽은 여러분들은 현명한 선택을 하리라 믿습니다.

모든 사람에게 감사와 기쁨과 사랑을 전하자

一生之計 在於勤하고

一年之計 在於春하고

一日之計 在於寅하니

幼而不學이면 老無所知요.

春若不耕이면 秋無所望이요.

寅若不起면 日無所辦이라.

"勤勉."

나는 근면이라는 글자를 좋아한다.

근면은 시작이요, 실천이요,

자기의 꿈을 실현하는 데 가장 중요한 것.

삶의 길목에서 싸운다는 것은 괴로운 일이다. 이긴다는 것은 힘든 일이다. 진다는 것은 슬픈 일이다.

승리에는 열광과 긍지가 따르고 패배에는 수치와 고통과 비애가 따른다.

이겨야 한다. 이기려면 힘을 길러야 한다.

우리는 패배에 신음하는 약자가 되지 않아야 한다.

인생의 마지막 싸움이 있다.

그것은 "내가 나 자신과 싸우는 것이다."

모든 사람한테 늘 배우는 자가 되자.

시간은 사람을
기다리지 않는다

시간에 관한 여덟 가지의 지혜.

讀書하는 시간을 가져라. 정신의 세계가 넓어질 것이다.

사색하는 시간을 가져라. 지혜의 샘이 솟으리라.

운동하는 시간을 가져라. 心身이 강건해질 것이다.

기도하는 시간을 가져라. 靈魂의 새로운 빛과 힘이 솟으리라.

사랑하는 시간을 가져라. 행복의 문이 열리리라.

일하는 시간을 가져라. 성취의 기쁨을 느끼리라.

휴식하는 시간을 가져라. 몸과 마음의 피로를 잊으리라.

대화하는 시간을 가져라. 이해와 공감의 기쁨이 솟으리라.

인생의 밭에 푸른 희망의 나무를 심어라.

나무들은 거짓말을 하지 않는다.

소나무는 소나무대로 느티나무는 느티나무대로 남을 흉내 내지 않고 묵묵히 한생을 이어 가고 있다.

그들에게도 꿋꿋한 삶의 목표가 있고, 수많은 세월 속에서 역경을 감내해 온 기상이 있다.

삶의 목표는 인생의 성패를 좌우하는 것이요. 그릇의 크기를 마련하는 것이며 한 인간의 가치를 결정짓는 중요한 계기가 된다.

표적 없는 화살이 허공을 나르듯, 목표가 없다는 것은 곧 삶의 낭비요, 방황이요, 생명을 부여해 준 분에 대한 죄악이 된다.

가난한 사람은 책으로 인해 부유해지고, 부유한 사람은 책으로 인해 출세를 하며, 어리석은 사람은 책으로 인해 현명해지고, 현명한 사람은 책으로 인해 이익을 얻는다.

"책을 읽음으로써 남이 고생하여 깨달은 바를 쉽게 배울 수 있다."

- 소크라테스 -

좋은 책을 읽는 것은 과거의 가장 뛰어났던 사람들과 대화를 나누는 것

제 인생은 자기가 경영하는 것이다.

세계에서 가장 기록이 느린 마라토너인 월랜드는 월남전서 두 다리를 잃었지만 결승점까지 달렸다.

어느 곳에서 출발했느냐가 중요한 것이 아니다.

어느 곳에서 끝마쳤느냐가 더욱 중요하다.

人生은 끝맺음이 重要.

젊어서 고생은 인생의 기초훈련, 기초과목에 불과하다.

남의 심판을 받기 싫거든 남을 심판하지 말라.

습관성 독서인이 되어라.

"위인은 小人을 다루는 솜씨로서, 그 위대함을 보여 준다."

- 영국의 사상가, 칼라일 -

“생활은 낮게 생각은 높게, 금전의 노예가 되지 말라.”

- 마하마트 간디 -

케네디 1961.1.9. 보스턴 시민 고별 연설

첫째로 당신은 勇氣 있는 사람이었느냐.

둘째로 당신은 聰明한 사람이었느냐.

셋째로 당신은 誠實한 사람이었느냐.

넷째로 당신은 獻身하는 사람이었느냐.

비전과 勇氣와 挑戰.

with malice toward none.

with charity for all.

아무 사람에게 대해서도 惡意를 품지 않고, 모든 사람에 대해서

慈愛를 가져라.

인생의 밭에 푸른 희망의 나무를 심어라.

보람을 느끼는 세 가지.

첫째, 바람직한 목표의 확립이요.

둘째, 그 목표를 실현하기 위한 꾸준한 노력.

셋째, 그 목표를 달성했을 때 느끼는 흐뭇한 만족감.

피, 눈물, 땀

"눈물을 흘리며 씨를 뿌리는 자는 기쁨으로 거두리로다."(시 126:5)

頂相의 길은 大望의 길이요, 戰의 길이요, 苦難의 길이요, 榮光의 길이다.

정상에는 승리의 감격이 있고, 정복의 환희가 있듯이 지리산 천왕봉을 정복했을 때의 감격.

인생도 마찬가지로 정상에 도달하려면 도전하는 용기가 있어야 하고 악전고투하는 극기력이 있어야 七顚八起하는 인내심이 있어야 한다.

피는 용기의 상징이요, 눈물은 정성의 상징이요, 땀은 노력의 상징이다.

삼대 액체를 얼마나 많이 흘리는가에 따라서 인간의 가치가 결정되고 승패가 좌우된다.

만남

만남이란 무엇이냐. 만남이란 맛남이다.

친구와 친구와의 기쁜 만남, 애인과 애인과의 만남, 동생과 형의 만남, 스승과 제자와의 만남, 삼촌과 조카의 만남, 할아버지와 할머니와의 만남, 자연과 사람과의 만남, 인간과 인간과의 만남. 모두가 기쁜 만남이요, 사탕과 같은 만남이다.

나는 만남의 중요성을 다시 한번 느끼고 앞으로 여러 사람과의 만남을 위해 노력하고, 만남을 위해 공부하고, 남을 위해 사색하는 시간을 갖기로 마음먹었다.

만남의 기쁨, 만남의 희열, 만남의 광장, 만남의 탄생, 만남의 스승, 만남의 애인, 만남의 친구를 위하여.

나는 월요일을 좋아한다

시작한다는 것은 기쁨과 보람이 있는 일이다.

나는 상쾌한 마음으로 신선한 아침 공기를 마시며 교문에 들어섰다.

어느덧 느티나무에 단풍이 들어 한 잎, 두 잎 떨어지는 것이다.

낙엽을 밟으며 나무에 대해 잠시 생각에 젖는다.

삼라만상의 모든 나무들이 나에게 수많은 교훈을 준다.

봄에는 새싹이 나오고, 여름에는 파란 잎 치맛자락으로 그늘을 만들어 주고, 가을에는 단풍 되어 사색에 빠지게 하고, 겨울에는 모든 것을 벗어 버리고 자기를 되돌아본다.

나는 나무 같은 인생을 살련다.

나무는 거짓말을 하지 않고 꿋꿋이 한 생을 살아가고 있다.

나무에게도 꿋꿋한 삶의 목표가 있고, 수많은 세월 속에서 역경을 감내해 온 기상이 있다. 인생의 종류는 많다.

그중에서 가장 중요한 인생은 나무 같은 인생 바로 이것이다.

오늘 아침은 가을을 재촉하는 비가 내리고,

매일하던 조깅도 못 하게 되었다.

그래서 그런지 오늘따라 몸이 무거운 느낌이 든다.

나는 오늘따라 건강의 중요성에 대해서 생각한다.

"돈을 잃은 것은 조금 잃은 것이요, 명예를 잃은 것은 많이 잃은 것이요, 건강을 잃은 것은 전부 잃은 것이다."라는 좋은 글귀가 머리를 스친다.

건강하다는 것은 무엇이든 할 수 있다는 적극적인 힘이요, 행동이요, 목표를 향한 무한한 원동력이다.

운동은 몸에 좋고, 책은 정신건강에 좋다. 튼튼한 몸에 훌륭한 정신이 싹트고, 훌륭한 정신에 튼튼한 몸이 있어야 한다.

이 두 가지가 조화를 이룰 때 모든 일을 이룰 수 있는 것이다.

9월 20일~10월 5일 있었던 아시아 게임이 머리에 떠오른다. 거기에서 가장 인상 깊었던 것은 17살 임춘애 선수의 3관왕의 명예, 가난과 실의를 이겨 낸 人間勝利. 이 얼마나 가슴 벅찬 일이랴.

나는 친구를 만나기를 좋아한다.

하지만 지금은 공부에만 신경 쓰기 때문에 친구를 잊은 느낌이 든다.

나는 그래서 오늘 친구에 대해서 생각을 하려 한다.

친구란 무엇이냐.

친구란 애인이요, 할머니요, 할아버지요, 아버지요, 어머니요, 선배요, 후배요, 조카요, 삼촌이요, 아우요, 선생님이요, 인생의 동반자다.

친구 있는 곳에 기쁨이 있고, 삶의 낙이 있고, 추억이 있다.

나는 스스로 내 진실한 친구가 몇 명이 있느냐고 질문한다면 나는 자신 있게 하나요, 둘이요.

대답할 수 없다. 왜냐하면 나는 친구를 위해 얼마나, 무엇을, 얼마만큼 친구를 위해 시간을 가졌느냐 스스로 반문한다.

나는 앞으로 친구를 생각하고 친구를 위해 편지하고, 위로하며 좋은 친구가 되기 위해 스스로 공부하고, 독서하며 힘을 길러 나아가야겠다.

요즘 며칠 전부터 나는 책을 가까이하기 시작했다.

나는 책에서 안병욱 선생님을 만났다.

그분은 현 숭전대학교에서 철학을 가르치는 교수님이다.

나는 선생님을 만나지도, 보지도 못했지만 선생님의 신작 에세이『삶의 길목에서』라는 책을 통해서 선생님을 만나게 되었다.

나는 거기에서 잊혀지지 않는 것은 '一米七斤', "농민이 한 톨의 쌀을 만드는 데는 일곱 근의 땀을 흘려야 된다."라는 말이 인상 깊다.

거기에는 농민의 부지런함, 성실함, 순수함을 엿볼 수가 있다.

공부하는 학생으로서 더욱더 실감나는 구절.

어떠한 뜻을 세우고 그것을 이루기 위해서는 수많은 땀과 피나는 노력으로써 모든 일에 임해야겠다. 오늘도 내일도 고지를 향해 바치리라.

어떻게 살 것인가?

"그러나 오늘과 내일과 모레는 내가 갈 길을 가야 하리니…."(눅 13:33)

君子의 길을 갈 것인가?

小人의 길을 갈 것인가?

君子는 義에 민첩하고, 小人은 利에 민첩하다.

인생의 항로, 인생의 길은 수없이 많다.

그러나 자기가 갈 수 있는 길은 오직 한 길.

나는 이런 생각을 하게 된다.

만약 열차가 열차 시간을 지키지 않고 운행했을 때 그 뒤에 오는 열차의 시간은 자연히 지연될 것이다.

이와 같이 운행 항로를 운행함에 있어서도 정확한 도착역, 종착역이 있어야지 그렇지 않으면 열차 시간이 지연됨과 마찬가지로 인생 항로도 자연히 지연될 것이다.

오직 자기의 인생철학과 자기의 목표를 향해 어떠한 고난과 역경을 물리치고 힘차게 전진할 때 승리의 월계관은 반드시 오고야 말 것이다.

365일 새벽 5시에 시작하는 인생.

가을을
생각하며

낙엽은 지는데,

가을은 天高馬肥의 계절.

가을은 思索의 계절.

가을은 讀書의 계절.

가을은 結實의 계절.

가을은 男性의 계절.

가을은 단풍이 손짓하는 계절.

한 송이 국화꽃을 피우기 위해

봄부터 소쩍새는 그렇게 울었나 보다.

하물며 사람이 인생의 꽃을 피우는 데는 봄부터가 아니라 四季節이 흐르고 또 흘러도 필 듯 필 듯한 게 인생.

사랑의 아픔, 정치의 아픔, 인생의 아픔 그것은 바로 진일보를 의미하는 것이 아니겠습니까?

아픔을 밑거름으로 삼을 때 인생을 조금이나마 알고 인생의 꽃을 피울 수 있지 않겠습니까?

바로 이런 아픔이야말로 진실한 마음이라고 생각합니다.

주워진 여건, 환경 속에서 자기 일에 몰두할 때 그것이야말로 幸福이 아니고 무엇이겠습니까?

理想을 향하여.

어떤
혼례식

제법 춥게 느껴지는 학교 교정에서 전통 혼례식을 하는 광경을 보았다.

내빈석, 그리고 주위에는 축하객 모두가 그들을 축하해 주고 나무도 축하해 주는 듯 나뭇잎이 휘날리고 야외, 그것도 다름 아닌 학교에서 한다는 것이 이색적이었다.

'사랑'은 사전에는 '중히 여기어 정성을 다하는 일, 남녀가 서로 정을 들이어 그리는 일'이라고 되어 있다.

사랑이란 말은 대단히 많다.

사랑만큼 중요한 두 글자는 없으리라 생각한다.

어머니와 자식 간의 사랑, 남녀 간의 사랑.

사랑으로써 정성을 다한다면 사람이 생활을 하는 데 불편이 없으리라 생각한다.

요즘 붐비는 예식장에서보다 야외인 학교 교정에서의 그들의 혼례식은 한결 돋보였다.

우물을 파도
한 우물을 파란 말이 있듯이

자기가 어떠한 뜻을 세우면 그것을 위해 극기하는 자세가 무엇보다도 필요하다.

伊 메스너, 8천km 산을 14개나 정복했다 한다.

끊임없는 집념, 투지.

산사람은 산에 미쳐야 하고.

학생은 학업에 미쳐야 하고.

운동선수는 운동에 미쳐야 하고.

어떠한 일을 하기 위해서는 자기가 하는 일에 미칠 수 있는, 도취할 수 있는 사람이 되어야만 뜻을 이룰 수 있다고 본다.

학도로서 잘 사는 농촌을 위해 한국의 농업 발전을 위한 획기적인 일을 하려는 것이 나의 앞으로 꿈이다.

나는 농촌에서 태어났고 농촌에서 대학을 졸업하고 3학년 편입 도시에서 공부를 하면서 농촌과 도시의 천양지차를 많이 생각한 바가 있고 현재도 도시 위주의 정책을 했지만 앞으로 농촌을 위해 도시와 농촌이 함께 잘 살 수 있는 균등한 정책을 해야겠다.

비교우위를 내세워 3차 산업을 발전시켰지만 앞으로 1차 산업인 농업을 발전시켜 자급자족할 수 있도록 최선을 다해야 할 것이다.

편지

어떤 특정한 상대에게 전할 말이 있을 때 말 대신 글로 적어 보내는 글.

나는 오늘 편지에 대해 몇 글자 적어 보고자 한다.

편지의 종류도 많다.

연인 사이에 주고받는 사랑의 편지.

친구 간에 주고받는 우정의 편지.

눈물의 편지 이별의 편지.

받아서 좋고 보내서 좋고 한 것이 편지인가 보다.

가을을 맞이하여 친구가 그립고 낙엽은 지고 어쩐지 친구를 생각하는 마음이 어느 때보다도 간절한 것 같다.

편지를 자주 했으면 좋으련만 왜 그리 써지지 않는지 알다가도 모르는 일.

친구를 위하여, 사랑하는 이를 위하여, 조국을 위하여, 세계를 위하여,

우정의 편지, 사랑의 편지를 끊임없이 쓰련다.

시장

온갖 물건이 잡다한 시장, 시끄러운 시장,
생존경쟁을 실감케 하는 시장,
파는 즐거움, 사는 즐거움,
인간의 천태만상을 볼 수 있는 곳이 바로 시장 같다.
식물의 생태계를 볼 수 있듯이
꼭 인간 세상을 보는 듯한 느낌이다.
어떤 이는 땀 흘려 열심히 노력하여 대가를 받고.
어떤 이는 하루아침에--.
공평한 듯하면서 공평하지 않은 인간 세상.

어떠한 보람된 일을 하기 위해서 맡은 바 일에 최선을 다하는 자세.

어른다운 어른, 어머니다운 어머니, 주부는 되기 쉬워도 주부다운 주부는 어렵다는 말이 있듯이 주부의 역할이 가장 쉬운 것 같으면서도 가장 어려운 것이 아닌가 한다.

주부가 재무부장관, 내무부장관, 교육부장관의 역할을 하려면 벅찬 일이 아닐 수 없다.

약속

"…이는 여호와 앞에 너와 네 후손에게 영원한 소금 언약이니라."(민 18:19)

장래의 일에 대하여 상대자와 서로 결정하여 둠.

약속만큼 중요한 것도 없는 것 같다.

약속을 잘 지키는 사람은 신용 있는 사람이요.

인간 현금이다.

사회생활에서 신용 있는 사람, 경제력이 있는 사람.

지식 있는 사람 모두가 힘 있는 사람이다.

인간 사회에서는 동물의 세계와 마찬가지로 적자생존이 지배하는 사회이다.

힘 있는 자를 필요로 하는 것이다.

힘을 기르기 위해서 나로서는 열심히 공부하고, 어떠한 어려움을 물리치고 七顚八起하는 자세로 확고한 인생의 목표를 향하는 힘 있는 거선과 같이 돌진하는 것이다.

나를 위하여, 나라를 위하여, 세계를 위하여.

나는 약속을 잘 지키지 않는 사람 중의 한 사람이다.

이제는 약속을 하면 반드시 지키는 사람, 신용인이 되어야겠다.

이사

아파트의 이사는 일반 주택의 이사보다도 무척 어려운 것 같다.

도시에서의 이사는 연쇄적으로 이사하기 때문에 이삿짐을 제시간에 옮기지 않으면 여러 가지 어려움이 뒤따른다.

친구 언니의 이사는 어느 집의 이사보다도 쉽게 이사한 것 같다.

짐을 옮기지 않아 올라갈 때 가지고 가고 내려올 때 가지고 내려와 서로 상부상조하는 따뜻한 일면을 느낄 수 있었다.

가구를 나르는데 밧줄로 다 내리고, 또 올려서 모두가 쉽게 되었다.

나는 이삿짐을 나르면서 많은 것을 배우고 느꼈다.

이사는 요령 서로 돕고 相扶相助하는 아주 보기 좋은 한 장면이리라 생각한다. 아주 보람된 하루였다.

'스펜서'는 "인간은 삶이 두려워서 사회를 만들고, 죽음이 두려워서 종교를 만들었다."라고 설파했다.

모든 일은 경험으로 실천으로.

오늘은
상쾌한 일요일

심신의 피로를 풀기 위해 단풍이 든 산을 구경할 겸 과천 현대 미술관에 갔다.

오고 가는 남녀의 밝은 표정처럼 산의 모습도 처녀의 붉은 표정처럼 나를 반기는 듯 웃고 있다.

현대 미술관에 들어서니 마치 미술전이 열리고 있었다.

조각, 서예, 동양화---.

〈미래세대〉라는 그림을 유심히 바라보았다.

공부하는 장면을 그린 작자의 미래상을.

예술가가 어느 작품을 만들기 위해 한 일생을 살아왔듯이 나도 내 일생을 위해 학생으로 열심히 공부하여 목표를 향하여 최선을 다할 때 보람과 기쁨을 느낄 수 있으리라 생각한다.

매일매일
열심히 배우는 자세

아침에 겨울을 재촉하는 비가 내리고.

나는 좀 늦게 출발. 서둘러 동작역에 갔다.

지하철 승차권도 집에 놓고 오고 책을 읽으려고 가방에서 책을 꺼내 지하역에 놓고 그냥 타 버렸다. 한 정거장에 와서 다시 내려 뒤돌아왔을 때에는 이내 없어진 것이다.

책 이름은 『젊은이여 희망의 등불을 켜라』이며 안병욱 저자의 에세이 작품집이었다.

아주 좋은 책이라 매일 아침, 저녁에 지하철 내에서 한 시간씩 책을 읽고 있었다.

흘러가지 않은 물은 썩기 쉽다. 구두도 닦지 않으면 빛나지 않는다. 나의 인격과 정신도 내버려 두면 낡고 녹이 슨다.

아침의 맑은 이슬처럼 새 정신을 가지고 살아야 한다라는 말이 있듯이 항상 독서하고, 생각하고, 실천하는 자세가 무엇보다도 중요한 것이다.

가을은 낙엽의 비를 뿌리고, 가을은 낭만의 비를 뿌리네.

배움의 정신

겸손한 정신이다.

배운다는 것은 겸손하다는 것이다.

교만한 사람은 배우려고 하지 않는다.

겸손한 사람이 부지런히 배운다.

나는 아직 부족하고 미흡하다.

모르는 것이 너무나 많다.

더 많이 알아야 한다.

이렇게 느끼는 사람이 부지런히 배우려고 한다.

스스로의 부족을 의식할 때 배우려는 의지가 발동한다.

아는 것은 힘이다.

처음부터 거목은 없다.

日日學 日日新, 날마다 배우는 사람만이 날마다 새로워질 수 있다.

왕성한 활동력을 가진 사람이 부지런히 배운다. 배운다는 것은 활동하려는 의지의 표현이다.

전력투구하는 사람만이 인생의 大業을 이룰 수 있다.

말

"경우에 합당한 말은 아로새긴 은 쟁반에 금사과니라."(잠 25:11)

진실한 말만이 말로서의 자격을 갖는다.

진실과 정의를 외치는 입이 입다운 입이요, 입의 자격을 갖는 입이다.

오늘날 우리 사회에는 허위의 언어가 너무 범람한다.

우리가 듣고 싶은 것은 진실의 언어다.

진실을 말하려면 신념과 용기가 있어야 한다.

말을 하고 싶은데 못 하는 말을 대변하는 일, 그것이 바람직한 입이다.

속담에 "길이 아니면 가지 말고 말이 아니면 듣지 말라."는 말이 있다.

나는 항상 누구와도 농담을 하려고 하는 좋지 않은 버릇이 있는데 어느 날 실수를 했다.

농담도 때가 있고 장소가 있고 나이에 맞는 농담을 해야지 때 없이 아무 데서나 하는 것은 실없고 무례한 느낌을 준다.

나는 앞으로 진실한 말, 허위 없는 말을 하도록 노력해야겠다.

숨은 일꾼들

나는 매일 아침 05:30에 조깅을 한다.

조깅을 할 때마다 어둠 속에서 청소를 하는 도로변 청소부 아저씨들.

우리에게 깨끗한 거리, 산뜻한 마을길, 항상 깨끗함을 선물해 주시는 고마운 분들이다.

어떤 주부들은 억대 화투놀이를 하다 적발, 보이지 않는 데서 엉뚱한 일을 하는가 하면 청소부 아저씨들은 어둠 속에서도 깨끗한 마음으로 항상 거리를 쓰는 모습이 아름답기만 하다.

모든 사람들도 거리의 깨끗함과 같이 마음의 청소를 했으면 얼마나 좋으랴.

낙엽을 쓸자.

마음의 청소를 하자.

나라의 청소.

세계의 청소를--.

시간

우리는 시간 위에 시간을 먹고 산다.
시간을 아끼고 시간을 최대한 활용해야 한다.
일찍 일어나고 늦게 자는 사람이 오래 산다.
시간은 4차원의 세계다.
시간은 사람을 기다리지 않는다.
독서하는 시간은 정신의 세계가 넓어질 것이요.
사색하는 시간은 지혜의 샘이 솟고
운동하는 시간은 심신이 건강해질 것이요.
사랑하는 시간은 행복의 문이 열리고
휴식하는 시간은 몸과 마음의 피로를 잊으리라.
대화하는 시간은 이해와 공감의 기쁨이 솟으리라.
인생은 시간이다.
청춘의 시간은 11~14시.
청춘의 시간을 활용하라.

청춘의 뜨거운 시간을 이용하라.

청춘의 뜨거운 시간을 이용해 인생의 꽃을 피우자.

가을 농촌

해마다 가을이면 쌀값, 무우, 배추값 걱정이다.

올해는 쌀값도 6% 인상에다 소값 파동. 무, 배추도 100원, 50원.

시내버스 차비도 되지 않는다.

풍년이면 풍년이어서 걱정, 흉년이면 흉년이어서 걱정.

농민이 농사를 지어서 제값을 받을 수 없는 것 같다.

농민은 심으면 심는 대로 얻는다는 평범한 진리를 그 긴 여름에도 땀을 흘려 농사를 지으면 그 대가를 받지 못하니 이 얼마나 슬픈 일이냐.

우리 모두 농심의 마음으로 정치를 하고 정책을 하고, 교육을 하고, 교육받으면 안 되는 일이 없으리라고 생각한다.

농민의 그을린 얼굴 거친 손을 보자.

정성과 노고의 빛이 보이지 않는다.

농민의 농민에 의한 농민을 위한 농업 정책을 함으로써 더 잘 살 수 있는 농촌이 되리라고 이 사람은 강력히 믿는다.

전화와
편지

현대 사회는 speed 시대라고 해서 빨리 보고, 빨리 듣고 모든 것을 빨리 처리하다 보니 어떤 일에 소홀함이 있는 것 같다.

그로 인해서 전화는 급한 이야기나 할 경우는 아주 편리하지만 그 후에는 오직 신속함뿐 정성이 결여된다는 것 같다.

사랑의 편지를 씀으로써 보내는 즐거움, 받는 즐거움이 그 어느 것보다도 더한 것 같다.

서로의 정성 어린 글 하나하나가 받아 보는 이의 마음 같다.

마음의 편지, 위로의 편지, 격려의 편지 축하의 편지, 이 얼마나 좋은 편지냐.

나는 계속해서 편지를 쓰려고 노력할 것이며 앞으로 많은 편지를 쓸 계획이다.

마음의 편지를.

有朋自遠方來 不亦樂乎.

三人行 必有我師焉.

책

나는 친구로부터 선물받은 책을 읽고 있었다.

나는 매일 아침, 저녁 학교에 다니면서(동작역-혜화역) 25분~30분 책을 읽는 습관을 가지게 되었다.

오늘은 몇 페이지도 보지 못한 '김태길'의 『작은 바보와 큰 바보』라는 책을 읽고 있었다.

저녁 시간 식당에 갔을 때 누군가가 책을 가져가 버렸다.

집에 가려고 가방을 정리하는데 그 작은 책이 보이지 않았다.

옆 친구도 모르겠다는 것이다. 책을 잃은 허전한 마음.

지하철을 타고 오는데도 무엇인가 가슴에 허전한 마음을 달래기 위해서 신문을 사서 보았다. 그래도 허전한 마음을 달랠 수가 없었다. 우정을 몽땅 잃어버린 것 같은 느낌.

친구에 대한 미안함뿐.

"針賊이 大牛賊이라."

책은 내 人生의 案內자요 내 마음을 차분하게 해 주는 안정제다.

寅時

'寅苦不起면 日無所辦'이란 말이 있듯이 하루의 일과는 寅時에 시작된다.

寅時를 무척 좋아한다.

나는 앞으로도 인시를 사랑할 것이며 또 계속 그러할 것이다.

인시는 전날의 모든 일들을 잊고 새로운 마음으로 시작되기 때문이다.

하루의 일과를 생각하는 그리고 모든 일이 잘되도록 마음속으로 비는 조용한 아침, 싱그러운 아침, 남보다 내일을 위해 오늘도 힘찬 하루를--.

오직 내일을 위해.

人生은 마라톤.

人生은 1회전이다.

친구

"사람이 친구를 위하여 자기 목숨을 버리면 이보다 더 큰 사랑이 없나니 너희는 내가 명하는 대로 행하면 곧 나의 친구라."(요 15:13-14)

친구를 위해 살자.
나는 모든 친구를 사랑한다.
다른 친구가 나를 사랑하듯.
나는 친구에게 따뜻한 편지 한 통은 했는가.
그리고 친구를 불쾌하게 하지는 않았는가.
친구를 잊지는 않았는가.
친구를 위해 무엇을 생각하고 있는가.
나는 과연 훌륭한 친구를 가지고는 있는가.
나는 친구로부터 받으려고 만하고 있지는 않은가.

나는 친구에게 무엇을 선물해야겠는가.

지금 내 실정이 선물할 단계인가.

오래 두고 정답게 사귀어 온 벗이여.

그대들은 나의 영원한 인생의 동반자다.

마음의 동반자.

대화의 동반자, 협동의 동반자.

鄕友와의
만남

나는 동네 친구의 결혼식에 참석하기 위해 07:40분에 차를 타고 대전으로 출발했다. 사전에 동네 친구들과 대전 고수다방에서 만나 공주로 떠나기로 되어 있었다.

우리가 공주에 도착했을 때 12:05분 예식은 12시에 시작. 남의를 먼저 보내고 우리는 다방에서 선물에 넣을 엽서를 쓰고 식장에 갔다.

그때는 이미 식이 끝나고 가족사진을 찍고 있었다. 그래서 우리는 신랑 친구와의 사진. 명숙이와 우리 鄕友가 같이 사진을 찍었다.

명숙의 얼굴 표정은 그 어느 때보다도 즐거운 표정이다.

나는 마음속으로 흐뭇했다.

무엇보다도 만조 간 결혼을 하는 것 같았다.

우리 친구들의 모든 결혼이 영원한 사랑을, 영원한 행복을, 영원히 건강하길 빌고 또한 미순, 남의 좋은 사람을 만나 보기 좋은 한 쌍 한 쌍이 탄생되기를 바라는 마음뿐이다.

신혼여행은 부산, 제주로-.

옛날을 회상하며 요즘 살고 있는 이야기들을 나누며 마냥 즐거워했다.

鄕友는 서로 이해하고, 서로 양보하고, 서로 충언하고 나는 향우들의 마음이 바다같이 깊고 넓으며, 하늘같이 높고 그리고 계속 그렇게 되길 바라는 마음.

나는 오늘 하루를 反省하고, 자제하자. 그리고 전진하자.

앞으로의 계속 즐겁고 보람된 만남이 되도록 노력하겠다.

높은
산이 되자

산의 모양도 가지가지, 높은 산, 낮은 산--.

마찬가지로 사람의 생김새도 모두 다르듯이 자기의 인생은 자기가 살아가듯, 높은 산이 되기 위해 부단히 노력해야겠다.

나는 사람은 노력의 동물이라고 말하고 싶다.

농사를 지어도 온갖 정성과 노력을 함으로써 좋은 열매를 얻을 수 있듯이 사람도 마찬가지로 아무리 쉬운 일도 노력을 하지 않으면 좋은 인생의 결실을 얻을 수 없으리라고 생각한다.

비록 작은 가슴을 가졌지만 마음만은 바다같이 푸르고, 넓고 하늘같이 높은 마음의 가슴을 갖자.

보람 있는 하루하루가 모여 보람 있는 한 달, 일 년, 10년---, 보람이 있는 일생이 되듯.

'스피노자'가 "내일 지상의 파멸이 올지라도 나는 비록 한 그루의 사과나무를 심겠다."라고 말했듯이 매일매일 알차게 보내리.

무슨 일이든
최선을 다하자

"부지런하여 게으르지 말고 열심을 품고 주를 섬기라."(롬 12:11)

도서관에서 공부할 때는 공부에 미치고.

사랑할 때는 사랑에 미치고.

노래할 때는 노래에 미치고.

모든 일에 미칠 필요가 있다.

미칠 수 있다는 것은 자신감과 사자 같은 용기를 가지고 최선을 다하는 마음이다.

나에게는 선택이 있고, 결단이 있고 創造가 있고, 환경을 개선하는 적극적 의지가 있다.

내가 나의 인생을 만들어 나아가는 주체적 노력이 있어야 되겠다.

도서관

나는 지난해 처음으로 도서관에 갔다.

도서관에는 많은 학우들이 공부에 전념하고 있었다.

그때 내 머릿속에 떠오른 것은 바로 내가 하고 가야 할 길은 바로 여기다라고 새삼스런 생각이 들었다. 그 후 1985.12.26일부터 아직은 1년이 안 되었지만 이제 나는 도서관이 정이 들은 것 같다.

도서관은 나의 고향이요, 나의 안방이요, 나의 친구요, 나의 애인이요, 나의 부모, 형제다.

나는 도서관에서 나의 목표를 향하여 오늘도, 내일도 매진할 따름이다.

나의 명석한 머리, 끓는 가슴, 힘찬 두 팔과 두 다리가 있지 않은가.

그 이상 무엇이 두렵겠는가.

對話를 하자

개인과 개인 간에, 집단과 집단 간에, 계급과 계급 간에 서로 이해하고 서로 和睦하고 서로 사랑하려면 너와 나 사이에 가로 놓인 장벽과 베일을 먼저 깨뜨려야 한다.

그것을 깨뜨리는 기본 작업이 對話다.

매일매일 기쁜 말, 고운 말, 바른 말을 함으로써 서로를 이해하고 서로 얼굴에 기쁨이 가득.

기쁨의 날이 모여서 기쁨 1년이 되듯 기쁨 人生을 살자.

그러면서 자기의 목표와 자기의 中心을 잃지 않는 자세가 필요하다.

유혹의 시대---, 그것을 이기는 길은 나의 길을 향해 全力投球 하는 것이다.

友情의 향기

有朋自遠方來 不亦樂乎.

친구가 먼 데서 찾아오니 또한 기쁘지 아니하랴.

우정의 두터움을 표시하는 말로 水魚之交, 竹馬故友.

우애는 친구에 대한 사람.

우리는 고독하지 않기 위해서도 정다운 친구가 필요하고 의기투합하는 지기를 지켜야 하고 항상 상조하는 莫逆之友가 있어야 한다.

남자의 생애에서 우정은 결정적 의미요.

가치를 갖는다. 친구가 없는 남자는 인생의 낙오자요, 패배자다.

서로 흉금을 털어놓고 깊은 대화 나눌 수 있는 지우를 갖지 못한다면 그는 인생을 헛되게 산 것이다.

서로 격려하면서 切磋琢磨하는 우정, 이것이 가장 바람직한 우정이다.

훌륭한 친구들이여, 그대들을 영원히 사랑할 것이다.

웃는
얼굴

웃음은 건강에 좋다.

웃는 얼굴은 보기에 좋다.

어린아이의 천진난만한 웃음.

젊은이의 웃음은 희망찬 웃음이다.

젊은 여성의 웃음은 강철 같은 남성의 마음을 녹인다.

웃음이 없는 세상은 암흑과 같은 세상일 것이다.

하루에는 해, 달, 그리고 별이 뜨듯 인간 세상에는 웃음의 달이 떠야 한다.

고독한 세월보다 웃는 날이 많아야 한다.

학력고사를 마친 20대 청소년들.

웃는 얼굴보다 수심에 잠긴 표정들이다. 모든 어려운 일들을 웃음으로서 슬기롭게 넘겨야 되겠다는 생각이다.

자, 청소년들이여. 웃자. 5분간이라도 좋다. 하하하---.

모든 사람한테 배우는 자가 되자

With malice toward none.

With charity for all.

아무 사람에 대해서도 惡意를 품지 않고, 모든 사람에 대해서 慈愛를 가져라.

모든 자연에 대해 배우자.

겸손하고 겸허한 마음으로 마음의 문을 활짝 열고 모든 것을 배울 수 있는 넓은 마음의 가슴을 가지자.

오만하고 교만한 마음, 한강에 버리자.

모든 사람을 대할 때는 배우는 자세를 갖자.

어린아이, 친구, 선배, 선생님, 할아버지, 할머니, 누나, 형.

모두가 나의 배움의 다이아몬드와 같은 존재다.

매일매일 배우는 사람이 되자.

三人行必有我師.

한 지붕 밑의 사람들

나는 매일 아침 조깅을 마치고 하늘을 바라보며 오늘 할 일을 생각하고 하루의 일이 잘될 수 있도록 별을 보며 내 마음속으로 나의 꿈의 실현을 다짐하고 다짐한다.

이 세상 사람들 잘난 사람, 못난 사람, 늙은이, 젊은이, 누구를 막론하고 하늘이란 지붕 밑에 살지 않는 사람이 없는 것이다.

그래서 사람은 누구나 자유를 원하고 평등을 원하는지도 모른다.

모든 사람들은 아침 하늘을 바라보며 겸허한 마음으로 학생은 학생으로서, 정치가는 정치가로서, 선생님은 선생님으로서, 아들은 아들로서, 딸은 딸로서, 어머니는 어머니로서, 아버지는 아버지로서 자기 맡은 바 책임을 다하고 매일 반성하고 나날이 발전할 수 있는 기회를 우리 모두, 아니 세계 모든 사람들의 마음속에 깊이 있어야겠다.

창문을
열어라

우리는 창문을 열어야 한다. 마음의 창문, 지저분한 마음의 창문을 닦고 깨끗한 마음의 창문을 가지고 모든 사람을 깨끗하게 보고 모든 세상을 깨끗하게 보고.

우리는 지저분한 눈, 지저분한 마음을 버리고, 깨끗한 마음의(청청심)을 가지고 좀 더 발전적이고, 근시안적인 것보다 원시안적인 것을 위해 오늘도 깨끗한 마음으로 새 아침, 새 하루를 시작하고 설계하여 매일매일 보람 있는 하루를 만들어야 되겠다.

내일을 위해, 1년을 위해, 10년을 위해, 20, 30, 40, 50, 60년을 위해 희망찬 새 아침을 맞이하자.

가로등 같은 인생

"이같이 너희 빛이 사람 앞에 비치게 하여 그들로 너희 착한 행실을 보고 하늘에 계신 너희 아버지께 영광을 돌리게 하라."(마 5:16)

이른 아침 가로등을 보며 문득 이런 생각이 든다.

가로등은 어두움을 밝게 해 준다.

가로등 없는 세상은 어둠의 세상이요.

가로등 없는 도시의 거리는 암흑이다.

가로등이 어둠을 밝게 해 주듯 밝은 세상, 밝은 도시가 되려면 밝음을 향하여 열심히 묵묵히 보이지 않는 곳에 일하는 사람들이라 생각한다.

나는 내 인생의 가로등을 위해 오늘도 내일도 계속 학업에 전념하는 길뿐이다.

모든 세상의 빛을 위해서 우리나라의 정치 발전의 빛을 위하여 항상 기도하며 꺼지지 않는 가로등이 되기 위해---.

생일

한 친구의 생일이다.

竹馬故友.

나는 친구의 생일 일자를 생각하고 기억해 본 적이 없다.

친구에 대한 무관심이었을까?

생일이란 두 글자에 대해 나는 너무 소홀했던 것 같다.

모든 사람은 결혼기념일, 생일---.

기억한 누구로부터 어떤 축하의 편지, 선물-- 받기를 원하는지도 모른다.

오늘 친구 생일을 맞이하여 더욱더 건강하고 유*구가 바라는 모든 소원이 이루어지기를 빌면서.

나는 앞으로 나의 모든 친구들의 생일을 기억하고, 마음의 선물을 보내고, 친구들의 뜻이 모두 이루어지기를 바라는 마음으로 그들에게 위로하고, 격려하면서 지금보다 나은 인생을 살 수 있도록 끊임없는 마음의 격려를 보낼 것이다.

생일이란 두 글자를 깊이 새기며---.

친구와의
만남

한 친구가 11월 15일자로 전역. 김*래의 전역을 축하하며 서울 대학로에 있는 대학로 파랑새 극장 앞에서 만났다.

나는 반가운 마음으로 김*래의 손을 잡았다.

우리는 만나자마자 영등포로 향했다.

커피를 마시고, 저녁을 함께 먹으며 친구들의 이야기들, 친구가 살아가야 할 길--.

친구를 만나면 기쁘고, 반갑고 하면서도 나의 입장으로서는 마음속 한구석에는 친구들에게 만족할 만한 대접을 못 해서 항상 미안한 감이 앞선다. 그래도 나는 친구들과의 만남만으로 내 마음을 위로한다.

친구의 전역을 다시 한번 축하하며 *래의 앞날에 밝은 태양이 함께하기를 빌며--.

곰 같은 인생

"너희에게 인내가 필요함은 너희가 하나님의 뜻을 행한 후에 약속하신 것을 받기 위함이라."(히 10:36)

단군신화에 나오는 곰과 호랑이. 곰은 쑥과 마늘을 먹으며 굴속에서 21일 동안 잘 견디어 아름다운 웅녀로 되고, 호랑이 그것은 견디지 못해서 평생 호랑이로 사는 그러한--.

무엇이든지 忍耐를 가지고 좀 더 덜 자고, 좀 더 일찍 일어나고, 좀 더 공부하고, 좀 더 건강하고, 좀 더 나은 미래를 설계하며-.

쑥과 마늘을 먹고 굴속에서 잘 견디어 낸 곰처럼 모든 고난을 생각하지 말고 내 앞날의 밑거름으로 삼아 저 히말라야 산처럼, 매일매일을 즐겁게, 매일매일을 힘차게, 매일매일을 보람차게, 매일매일을 알차게 오직 분투노력하는 마음이다.

兄에 대한 고마움

나는 매일 저녁 10시 30분에 집에 온다.

형님이 인천 누님 댁에서 배추를 판매하시고 서울 둘째 누님 댁에 오셨다.

형님은 이미 잠들어 계셨다.

주무시는 형님의 얼굴을 바라보며 형님이 그동안 피로에 지친 모습이 안쓰러웠다.

나는 대학을 다니며 때론 형님에게 대들기도 했다. 지금 생각하면 그 얼마나 죄송스러운지 모르겠다.

아버님이 내 나이 2살 때 이미 세상을--.

형님이 젊은 나이에 무척이나 고생을 하신 것 같다.

만약 형님이 돈이나 쓰고---.

나는 지금 이만큼 배우고 또 공부할 수 있었겠느냐는 것이다.

이제야 형님의 고마운 마음을 조금이나마 알 것 같다.

형님에게 나는 항상 고마움을 잃지 않을 것이다.

형님도 이제 머지않아 知天命에 가깝다.

형님의 건강을 항상 기원하며 이 막내 아우의 마음 간절하다.

한 걸음
한 걸음

이 세상 모든 사람들은 상처 없는 인생은 없으리라 생각한다.

누구나 무릎에 상처가 있듯이 백옥의 티처럼 완전한 미를 갖춘 여인도 무릎에는 작은 흉터가 있듯이.

우리는 어려서 한 걸음 한 걸음 넘어지고 또 넘어지면 다시 일어나는 그것은 수없이 반복해서 두 다리로 혼자 스스로 걸어 다니듯 자기의 뜻을 위해서 발걸음을 옮길 때 언덕에 가리워졌던 나무들이 하나둘 보이듯이 스스로 운동하고, 스스로 계획하고, 스스로 공부해서 결단코 나의 뜻을 펴 직업인으로서 훌륭한 아들로서 부모님에 대한 고마움을 되새기자.

규칙적인
생활

나는 규칙적인 생활을 사랑한다.

규칙은 나의 생활의 리듬을 준다.

규칙적인 운동은 몸에 좋다.

세월은 정말 물 흐르듯이 지나가고, 어느덧 12월 달력의 마지막 한 장 앞에 섰다.

세월의 덧없음을 또 한 번 생각케 하는 달이다. 불현듯 지난 한 해를 되돌아보고 반성과 결산을 서둘러야 하는 달이기 때문이다.

어느 해 치고 세모에 이르러 多事多難했던 해를 되돌아보지 않을 때가 없지만 올해는 감회가 새롭다.

오늘도 내일도 철저한 계획 아래 나의 생활에 리듬을 잃지 않는 힘과 용기와 노력으로 한 해를 보내자

人生
고개

> "…아무든지 나를 따라오려거든 자기를 부인하고 날마다 제 십자가를 지고 나를 따를 것이니라."(눅 9:23)

"사람은 저마다 자기의 십자가를 지고 人生을 살아간다."

- 톨스토이 -

이 세상 모든 사람들은 십자가가 없는 人生은 없다. 누구에게나 고난의 무거운 십자가가 있듯이 나 역시 사람인지라 많은 시련이 따른다.

내가 발전하고 내가 이 시련이 따른다.

내가 발전하고 내가 이 시련을 극복하기 위해 모든 고난과 싸우는 것, 역경을 이겨 내고 운명에 도전하고 그러기 위해 극기의 힘과 인내의 덕이 필요하고, 어려움을 견뎌 내는 지구력 또한 필요로 한다.

온실에서 자라는 화초는 생명력이 약하지만 벌판에서 비바람을 맞고 자라는 화초처럼 강해야 한다.

인생의 고개를 넘으면 또 다른 세상을 구경할 것은 넘지 못하면 그 세상을 영영 보지 못하리라.

그 세상을 보기 위해 백련천마의 고산 훈련이 필요하다.

기업인의 정신을 배우자

기업인들의 공통된 점은 다음과 같다.

첫째, 부지런하다.

둘째, 구두쇠다.

셋째, 머리의 판단력, 회전력이 빠르다.

넷째, 욕심쟁이이다.

사람은 누구나 4가지의 요소를 가졌을 것이라고 나는 생각한다.

이 4가지를 어떻게 계획하고 어떻게 실천하느냐에 따라 그 사람의 인생이 좌우된다고 볼 수 있다.

기업인의 정신, 어떤 사람에게는 장점도 될 수 있고 단점도 분명 있을 것이다.

큰 재벌, 기업가가 큰일을 성사시키듯 우리도 자기의 인생경영을 통해서 자기의 목표한 바를 이룩하여 보람찬 인생을 살기 위해 자기의 맡은 바 일에 최선을 다해야겠다.

훌륭한 인생경영을 하자.

포장마차

포장마차가 그리워지는 계절.

호주머니가 가벼운 소시민들이 자주 찾는 곳.

소주 한 잔에 오고 가는 정다운 이야기들, 돈은 없어도 마음은 즐거워.

그 자그마한 공간 속에서 오고 가는 가정 이야기, 회사 이야기, 인생 이야기들--.

이 모두가 얼마나 즐겁지 아니하랴.

어떤 이는 하루 저녁에 몇십만 원짜리 술을 마시고 즐기는 것보다 막걸리 한 잔, 소주 한 잔을 마시며 내일을 이야기하는 것은 비록 조그마한 공간일지라도--.

싸늘한 계절, 인정이 없어져 가는 이 거리에 이 얼마나 훈훈한 정이 오고 가는 곳이랴.

포장마차가 있는 동안 서울에 거리는 결코 싸늘하지마는 않을 것이다.

포장마차처럼 항상 훈훈한 정을 풍길 수 있는 사람이 되자.

소시민을 위해서

항상 푸르게.

누구나 푸른 하늘을 보면 훨훨 날고 싶은 심정일 것이다.

나에게도 새와 같이 하늘을 날 수 있는 날개가 있다면 하고 생각할 것이다.

그러면 새는 또 이렇게 생각할 것이다.

사람과 같이 튼튼한 두 다리로 마음껏 달릴 수 있으면--.

사람이나 동물이나 모두 장단점이 있듯이 특히 사람은 권력 있는 사람, 학식 있는 사람, 돈이 많은 사람이 있다.

이 셋 중에서 누구나 한 가지는 분명히 가져야만 자기의 세계를 펼칠 수 있으리라고 확실히 말하고 싶다.

어느 한 가지도 중요하지 않은 것이 없다.

이 세 가지를 다 가지면 좋겠지만 하나님은 그 능력을 공평하게 주신 것 같다.

좀 더 푸르게, 좀 더 밝게, 큰마음으로 내일의 나의 집을 건설하자.

인생은
단거리의 연속

초가 모여서 1분이 되고 1분이 모여서 10분, 10분이 모여서 1시간, 1시간이 모여서 24시간 하루가 되고, 하루하루가 모여서 1년, 20, 30, 100년의 세월이 흐르듯이 우리는 매일매일 성실한 자세로 보람 있게, 힘차게, 살아가야 한다.

재능은 고독 속에서, 재능은 고독 속에서 이루어지며 인격은 세파 속에서 이루어진다.

재능은 없어도 인격은 구비해야 한다.

인생에는
연습이 없다

순간순간이 결승전이다.

순간의 성실이 인생을 좌우한다.

인생은 농부가 산다는 것은 농사를 짓는 것과 같다.

우리는 하나님이 만든 아름다운 동산에서 밭을 가는 인생의 농부가 될 때 부자가 될 수 있다.

農心行 無不成事.

요즘같이 시간이 빨리 갈 수가 있을까?

시간을 최대한 활용하는 사람이 되어야 한다.

시간을 활용하면 활용할수록 빨리 지나가 버리는 것 같다.

세상을 살아가는 데는 하나님 같은 넓고, 높은 마음이 필요하다.

누구에게도 똑같은 사랑을 주듯, 어떤 사람을 대하든 사람으로서 대하는 마음이 필요하다.

사람은 누구나 사랑을 먹고 사는 동물이다.

사랑을 위해.

학문과
인격

학문에 몰두하는 사람이라 해서 인품이 훌륭하다고 말할 수 없다.

그들에게 여자와 돈을 주어 보라.

마음의 동요 없이 유혹에 잔잔할 수 있는 사람이 몇이나 있는가를 생각해 보자.

장점을 활용하는 인생.

사람의 인품은 그 사람의 장점을 통해 판단해서는 안 되며 그 사람이 그 장점을 어떻게 활용하고 있는가를 보고 판단해야 한다.

크리스마스도 이제 얼마 남지 않은 것 같다.

그러나 올 크리스마스도 조용히 보내자.

돌아올 해는 내 해가 될 수 있도록 하자.

God don't Sponsor flops!

자선냄비

"너는 네 떡을 물 위에 던져라 여러 날 후에 도로 찾으리라."(전 11:1)

거리에는 자선냄비 소리, 그리고 크리스마스트리.

도심을 수놓은 대형 트리들이 오색찬란하게 한 폭의 그림 같이 연말연시를 맞이하여 모든 사람들의 마음이 들뜬 기분이다.

그러나 이러한 가운데도 어둠 속에 있는 불우한 이웃들을 위해 몸 바쳐 일하는 사람도 대단히 많다.

반면 그렇지 못한 사람도 많은 것 같다.

호텔 방이 모두 계약이 끝나고--.

어떤 이는 불우이웃, 가난한 사람을 위해--.

과연 어떤 이가 보람된 일을 하는가?

개처럼 벌은 돈을 정승같이 쓸 것인가. 아니면 정승같이 벌어서 개처럼 쓸 것인가. 그것은 쓰는 이의 자유다.

현명한 판단을 위하여 한번 나보다 못한 사람을 되돌아보며.

인생 전략

세상을 처함에는 반드시 공(功)만을 찾지 말자.

허물없는 것이 곧 공이로다. 사람에게 베풀되 그 덕에 감동할 것을 바라지 말라.

원망 듣지 않음이 곧 덕이니라.

"자기 자신에 대하여 전심전력하지 못하는 사람과 무슨 일에나 골몰하지 못하는 사람은 보아도 보지 못하는 사람이며 들어도 듣지 못하는 사람이며 먹어도 맛을 모르는 사람이다."

- 공자-

빼기는 인간은 현명한 자에게 경멸되고 바보에게 감탄되고 기생적 인간에게 받들어지고 그들 자신은 거만성의 노예가 된다.

성실하게 사랑하며 조용히 침묵을 지켜라.

성실한 사람은 많은 말을 필요로 하지 않는다.

봄에 씨를 뿌려 가을에 결실을 보는 마음으로 부단한 인내를 가지고 하는 일에 전력투구하자.

날씨

날씨는 우리의 마음을 변덕스럽게 만든다.

맑은 하늘을 보면 우리의 마음은 맑고, 푸르게 한다.

그러나 비 오는 날은 우리의 마음을 우수에 젖게 만든다.

눈 오는 날은 모든 이의 마음을 동심으로 되돌려 마음을 들뜨게 한다.

삼라만상이 자연에 순응하듯이 자연을 역행하는 오류를 범해서는 안 된다.

자연을 파괴한다는 것은 원자폭탄보다도 더 큰 위험을 불러일으키는 일이다.

사람도 매한가지. 만인이 자연에 순응하는 법을 만들어서 사람이 자연에 순응하는 정신.

날씨에 따라 계절에 따라 자연의 섭리에 순응하자.

자연으로부터 인생을 배우자.

자연으로부터 미래를 배우자.

자연과 함께 친구가 되자.

일 년

올 일 년도 어느덧 12월 중순에 접어든다.

특별히 한 일도 없이 이룬 일도 없이.

과연 보람 있는 한 해를 보냈는지.

나는 어떻게 살았는지, 성실했는지, 건강했는지.

친구들에게는 따스한 편지를 보냈는지.

나는 지금 어떻게 생활하고 있는지.

어머님에게 고마움을 마음을 생각했는지.

형님에게, 누나에게 그리고 모든 사람에게 고마움을 생각했는지.

항상 고마운 마음을 가지고 생활하고 생각하자.

그리고 그 은혜에 보답할 수 있는 사람이 되자.

자연에 보답하고 그리고 모든 것에 보답하는 마음으로 세상을 살자.

고마운 마음, 너그러운 마음, 겸손한 마음, 사랑하는 마음.

고생

"고난 당한 것이 내게 유익이라 이로 말미암아 내가 주의 율례들을 배우게 되었나이다."(시 119:71)

젊어서 고생은 인생 기초훈련이며 기초과목에 불과하다고 말하고 싶다.

성공한 기업가, 성공한 예술가, 성공한 운동선수 등등.

만약 그들이 훈련, 고생이란 두 글자, 한 과목을 모르고 자랐다면 과연 성공한 기업가--- 될 수 있었을까?

뼈를 깎는 듯한 고생을 낙으로 삼아 그것을 밑거름으로 자기의 뜻을 세운 훌륭한 대목들이다.

목적

나는 지난 한 해 동안 무엇을 성취했나.

삶의 의미는 가치의 성취, 산다는 것은 부단히 성취의 과정.

무엇인가 성취하는 인생만이 향상의 계단을 오를 수 있고 발전의 행진곡을 들을 수 있다.

인생은 날마다 새로워져야 한다.

가치 있는 일을 달성했을 때,

마음속에 느끼는 흐뭇한 만족감.

슬픔이 있는 곳에 기쁨을 심고

어둠이 있는 속에 빛을 심고

악이 있는 곳에 선을 심고

싸움이 있는 곳에 평화를 심고

비리가 있는 곳에 정의를 심고

미움이 있는 속에 사랑을 심고

거짓이 있는 곳에 진심을 심자.

무리한 일

어떤 일이든 열심히 정열을 다해 하되 과(過)를 피해야 한다.

적당한 운동은 몸에 좋고, 적당한 술도 또한 약이 되지 않을까?

그래서 옛 선인들은 약주라고 했는지도 모른다.

무리한 건설, 우리는 대중의 발인 지하철이 빚더미인 것 같다.

북한의 금강산 댐 또한 무리한 건설이다.

모든 무리한 것은 반드시 파멸을 초래한다.

무리한 색욕, 무리한 운동, 과음, 과식, 모든 무리한 것(過)을 삼가자.

과는 화를 초래한다. 바꾸어 말하면 지당한 말이다.

무리한 일(過)을 삼가되 어떤 일을 하는 데 정열을 다하지 말라는 말은 아니다.

공부할 때 공부에 미쳐야 한다. 들은 적도 없고 들을 필요도 없다. 그러나 모든 일에 최선을 다하자. 그러면서 적당한 휴식을 취하면서.

一日一生

하루하루가 한없이 소중하다.

매일매일이 가장 존귀하다.

우리는 아무도 내일을 알 수 없다.

내일 내가 또 살리라는 아무런 보중도 없다.

내일은 내일이다. 내일은 내일에 맡기고, 오늘을 열심히 살아야 한다.

오늘 내가 하는 일에 최선을 다하고 나의 정성을 다하고 나의 전력을 다하자.

나는 새처럼 나의 꿈을 푸른 하늘에 펼쳐 동쪽 새벽하늘에 반짝이는 별처럼, 영원히 빛내자.

만남
(안병욱 교수님, 숭전대학교)

자연과의 만남, 행복한 만남, 불행한 만남, 하나님과의 만남, 석가모니와의 만남, 창조적인 만남, 예술 작품과의 만남 등등.

나의 가슴에 와닿는 것은 바로 창조적인 만남, 친구와의 허물없는 대화 속에 진실한 만남이 있고, 공감대를 형성하고 또한 서로가 서로를 이해하는 넓은 아량을 가지게 된다.

나는 그래서 만남은 배움이고, 이해라고 말하고 싶다.

눈 오는 날
새벽

새벽에 조깅을 하려고 밖에 나와 보니 하얀 눈이 내리고 있었다.

내가 본 것은 올해 첫눈.

눈을 맞이하며 조깅하는 기분이 새로워 더욱 힘차게 달릴 수 있었었다.

나에게 하늘에 축복해 주는 느낌이어서 그랬는지도 모른다. 다른 어느 때보다도 힘과 용기가 솟아났다.

온 세상 사람들의 마음도 모두 눈처럼 하얗고 때 묻지 않은 양식을 가졌으면 하는 마음 갖게 된다.

친구들에게 카드가 가는 날, 함박눈이 왔으면 좋겠다.

카드

나는 친구들에게 크리스마스카드를 보내기 위해 평소보다 좀 일찍 집으로 돌아와 내 마음을 담은 내 나름대로의 몇 글자 안 되는 글을 정성스럽게 썼다.

크리스마스가 되면 나는 친구들에게 항상 미안한 생각을 가지게 된다.

왜냐하면 항상 크리스마스 때마다 기말고사가 있기 때문에 정성을 다하지 못하는 것 같다.

앞으로는 좀 더 알찬 내용을 위해 수많은 책을 읽고 훌륭한 글과 함께 내 마음을 듬뿍 실어 보내리라.

친구들에게 도움이 될 수 있는 카드, 행운의 카드, 추억의 카드.

창조물

훌륭한 예술인은 훌륭한 창조적인 작품을 남기고, 훌륭한 작가는 만인의 마음을 사로잡는 훌륭한 책을 쓰듯, 농민의 창조적인 작품은 바로 농산물이다.

바로 농산물은 농민의 땀, 피, 눈물과 노력, 정성, 온갖 노력의 창조적인 작품이다.

정직한 마음, 뿌린 만큼 거두는 더 바라지도 않는 자연에 순응하는 마음.

農心이야말로 天心이다.

하늘은 스스로 돕는 자를 돕는다는 말이 있듯이, 스스로 서로 자신감 있는 행동을 하고 자신감 있는 생활을 할 때, 인생은 즐겁고 보람차게 보낼 수 있다. 보람찬 인생이야말로 행복한 삶을 살 수 있다.

반성

우리는 세상을 살아가면서 반성이라는 두 글자를 생각하면서 살아가야 한다. 그러는 우리는 흔히 반성이란 두 글자를 잊어버리기 쉽다.

자기를 스스로 반성하면서 반전의 반전을 거듭해야 한다.

나는 반성은 곧 발전이라고 말하고 싶다.

반성은 곧 깨달음, 반성은 곧 비전이다.

三省이란 말이 있듯이 항상 반성하면서 미래의 큰 꿈을 위해 오늘도, 내일도 끊임없이 비바람, 모든 세파에도 견디어 내는 야생초같이 모든 역경과 곤경을 견디어 내며 매일매일 성실한 생활을 하며 호랑이와 같은 용기를 가지고 독수리 같은 눈으로 예리하게 판단하고 사고하자.

시험

우리는 인생을 살아가면서 시험이라는 고개가 있다.

고개에는 큰 고개, 작은 고개, 수많은 고개들이 있다. 그러나 시험이라는 고개는 모두가 큰 고개인 것 같다.

고개를 잘 넘느냐, 아니면 넘지 못하느냐. 성공, 실패가 결정되는 듯하다.

그러나 꼭 그런 것만은 아니다.

재능을 부여해 준 것 같다.

그 재능은 노력함으로써 얼마만큼 활용하느냐에 또한 성공, 실패가 좌우되기도 한다.

어떤 이는 희망의 길을 가는가 하면 어떤 이는 멸망의 길을, 자멸의 길을 가는 이가 있다.

어떤 길을 가든 그것은 가는 이의 마음이다.

그러나 이왕에 세상에 태어나서 길을 택한다면 희망의 길, 야망의 길을 택하는 것이 현명하리라 생각한다.

인생의 고개를 슬기롭게, 지혜롭게 넘자.

눈과 개와 사람

오전에는 구름이 하늘을 덮어 어둡게 하더니 오후에는 하얀 눈이 왔다.

우리 과에는 유일하게 홍일점 아가씨가 있다.

내리는 눈은 아마 사람의 마음을 하얗게 만드는가 보다. 그리고 기쁘게 하는가 보다.

눈 같은 마음, 눈같이 고운 마음.

男女老少를 막론하고 눈은 모든 이에게 하늘에서 내리는 축복인가 보다.

사람 못지않게 개도 눈 오는 날에는 몹시 좋아한다. 보지도 못하면서 발에 닿는 촉감 때문일까?

오염되지 않은 눈처럼, 깨끗한 마음, 정직한 마음을 갖고 생활하여야겠다.

눈은 모든 사람들을 추억을 생각하게 하는 동심을 그리게 하고, 사색에 잠기게 하는 어떤 마력을 지닌 것인가.

그래서 눈 오는 날이 좋은가 보다.

출석
수업

한국방송통신대학교는 일반 대학생들과는 달리 방학 때마다 각 협력 대학교에서 출석 수업을 받는다.

매일 받는 수업이 아니라 방학 때마다. 받는 수업이라 여유가 없고 하루에 8시간씩 하기 때문에 지루한 감이 없지 않다.

매일 받는 수업이 아니라 한 학기에 한 번이기 때문에 새로운 감이 있다.

비록 짧은 시간이지만은 여러 사람과의 만남을 통해서 나이 많이 드신 분들의 학구열을 볼 때마다 나는 더욱 용기를 갖고 학업에 임하게 되고 젊은이로서 하면 된다는 생각을 다시 한번 갖게 된다.

배움은 평생학습이란 말이 있듯이 배움이란 끝이 없고 배워도 배워도 끝이 없는 게 학문인 것 같다.

아무튼 젊어서 한 자라도 더 배우고 익혀 뜻한 바를 이루련다.

"신념은 기적을 낳고 노력은 천재를 만든다."

망년회

낡은 해를 보내며 새해를 기약하는.

낡은 해의 모든 낡은 생각을 버리고 새해는 더욱더 활기찬 생활, 즐거운 생활, 노력하는 사람, 성실한 사람, 실천하는 사람, 약속을 지키는 사람, 근면한 사람이 되기 위해 최선을 다하는 해가 되리라고 자신 있게 말하고 싶다.

한 해를 보내면서 과연 이룬 일이 무엇이며, 과연 모든 일이 뜻대로 되었는가? 내 가슴에 손을 대고 조용히 생각하는 시간을 갖고자 한다.

출석 수업으로 인하여 친구들과 망년회를 할 수 없었지만 나와 나와의 망년회를 함으로써 그 의미가 있지 않나 생각한다.

조용한 망년회, 생각하는 망년회, 내일을 위해 발전하는 망년회를 위하여.

정묘년

> "일어나라 빛을 발하라 이는 네 빛이 이르렀고 여호와의 영광이 네 위에 임하였음이니라."(사 60:1)

정묘년, 나의 해, 새해 아침을 맞이했다.

올해는 나의 가장 중요한 꿈을 실현하는 해로서 그 어느 해보다도 토끼 같이 명석한 판단으로 그 어떠한 고난도 이겨 나가는 성숙한 나로서 모든 생활에 자신감을 갖고 꾸준히 건강관리 또한 소홀함이 없이 노력하는 한 해, 보람 있는 한 해가 되기 위해 분투노력, 전력투구하는 마음을 갖고 생활에 임해야 하겠다. 올해의 생활철학은 근면, 노력.

모처럼 눈다운 눈이 저녁에 많이 내리는 것을 보며 올해는 우리 가정뿐만 아니라 우리나라 온 누리가 축복의 한 해가 되길 기원하며 새해에는 눈처럼 깨끗한 생각과 마음으로 생활하

자. 그리고 모든 사람들도 눈처럼 깨끗한 마음으로 세상을 살아간다면 밝고 명랑한 한 해가 되리라고 생각한다.

문제

오늘은 날씨가 제법 쌀쌀하다.

새해 들어 첫 도서관. 06:15분에 집을 떠나 혜화동 본 도서관에 갔다. 날은 아직 밝지 않은데 도서관 앞에는 줄지어 많은 사람들이 있었다.

나는 또 놀라지 않을 수 없었다.

신정 연휴이기 때문에 좀 학생들이 없지 않을까 하는 막연한 생각을 했던 내가 착각이었다.

나는 나 자신을 다시 되돌아보지 않고, 부질없는 생각을 버리고 계획대로 실천해서 올해는 기필코 나의 해가 되기 위해 최선을 다하리라고 굳게 다짐한다.

빅토르 위고

"오늘의 문제는 싸우는 것이요.

내일의 문제는 이기는 것이요.

모든 날의 문제 죽는 것이다."

1. 매일매일 최선을 다하는 자세로 살자.
2. 남을 비난하지 말고 장점을 말하자.
3. 반드시 약속을 지키는 해가 되자.
4. 노력하는 해가 되자.
5. 모든 사람과 대화하는 사람이 되자.
6. 적당한 운동과 휴식을 갖자.
7. 독서하는 시간을 갖자.
8. 많이 쓰고 생각하자.
9. 겸허한 자세를 갖자.
10. 말조심하자.

타오르는 태양처럼

매일 아침 변함없이 떠오르는 태양처럼, 힘 솟는 태양처럼 더우나 추우나 눈이 오나 비가 오나 변함없는 태양같이 행동하자. 일반 사람들이 비과학적으로 느끼기에는 대한교보 빌딩보다도 작게 보일지라도 세상 어느 곳에 미치지 않는 곳이 없이 생명력을 불어넣는다.

현재는 작은 존재일지라도 내일은 큰 존재 생명력을 불어 넣을 수 있는 자가 되기 위해 하루하루가 결승전이라는 생각을 가지고 차분한 마음으로 흔들림 없이 진행하자. 첫 단추를 잘못 끼우면 마지막 단추를 끼울 수 없듯이 좋은 출발을 하자. 그래서 나의 꿈을 펼칠 수 있는 해가 되자.

올해에도 건강에 주의하며 학업에 전력투구하자.

'밝고 명랑하게 생활하자.'

'누구와도 대화가 가능한 사람이 되자.'

'환경에 적응하는 해가 되자.'

'항상 긍정적인 생각을 갖자.'

'독서인이 되자.'

초승달을 보며

늦은 밤 초승달을 보면 자연의 순리를 한눈에 볼 수 있는 것 같다.

초승달~, 반달~, 보름달이 되듯이 하루하루가 달과 같이 살찌는~.

새해 들어 첫 월요일, 힘찬 희망에 찬 첫발을 좋은 컨디션으로 하루를 보냈다.

오늘과 같은 날이 계속되었으면 좋겠다.

그러나 생활을 하다 보면 비바람, 풍랑도 만날 수 있다. 그러나 그것은 슬기롭게 보내는 지혜로 생활하자.

서점을 내 집과 같이 드나들자. 그리고 많은 책을 읽자.

새로운 지식, 지혜, 문제 등등 다원화 시대에 적응하기 위해 듣고, 보고, 말하고, 행하는 자가 되자.

항상 기쁜 마음으로 칭찬하는 마음으로 상대방과 대화하자.

희소식

회 20명씩 선발하던 국가고시 7급 10명, 4월 12일 있다는 신문 발표. 기술고시 5명 선발.

나에게 한층 용기가 되살아난다.

이날을 위해 땀과 정성을 쏟았다.

앞으로 멀지 않은 이날을 위해 마음을 가다듬고 새로운 마음으로 계획대로 최선을 다하자.

반드시 어려움 뒤에는 기쁨의 날이 오리라 믿는다.

평지에 난 소나무는 나무꾼에 의해 땔감으로 쓰여지지만 높은 산, 바위 위에 자란 소나무는 비바람에 견디어 꿋꿋이 잘 자란다.

환경을 탓하지 않고 바위가 풍화되어 흙을 이루고 깊이 뿌리를 내리며 잘 살아간다.

사람은 하나밖에 없는 귀중한 생명을 위해 자기 일에 최선을 다하는 것이다.

좁은 길

> "좁은 문으로 들어가라 멸망으로 인도하는 문은 크고 그 길이 넓어 그리로 들어가는 자가 많고 생명으로 인도하는 문은 좁고 길이 협착하여 찾는 자가 적음이라."(마 7:13-14)

사람이 세상을 살아가는 데는 수많은 길이 있다.

큰 문으로 갈 것이냐, 작은 문으로 갈 것이냐, 뒤로 갈 것이냐, 앞으로 갈 것이냐, 우로 갈 것이냐, 좌로 갈 것이냐.

연속된 선택의 길, 그것이 인생을 좌우하는지도 모른다.

큰 길이건, 작은 길이건 자기가 택하기 나름인 것이다.

옛날 우리의 추운 겨울에 우리의 마음을 훈훈하게 했던 화로에 추위를 녹이는 것처럼 자기의 길을 가기 위해 타오르는 숯불과 같이 정열과 적극적인 사고방식을 가지고 끊임없이 행할 때 자기의 꿈을 이루어 성취감을 맛볼 수 있을 것이다.

자기가 스스로 걷고, 뛰고, 생각하는 자가 되자.

나의 길

"인생은 나그네 길---."

노래가 있듯이 세상에 태어나서 할 일도 많고, 하지 말아야 할 일도 많다.

표적 없는 화살은 허공을 나르듯, 목표가 없다는 것은 삶의 낭비요, 방황이다.

나의 길을 가는 데는 폭풍과 같은 어려움도 있으리라. 그러나 그것을 도약의 발판으로 삼아 의연한 자세로 밀고 나갈 때의 마음은 흐뭇하다.

그리고 나의 뜻을 성취할 때--.

바로 그것이다.

고등학교 2학년 때 지리산 천황봉의 정상을 올라갔을 때의 그 감동, 감탄--.

자기의 인생의 길을 객관적, 과학적, 이상적 메커니즘을 통해서 부단히 노력할 때 반드시 쨍하고 해 뜰 날이 올 것이다.

올 한 해 성취하는 해가 되자.

禮大親友

나는 몇 달 만에 대학 친구인 두 친구를 만나 학교 도서관 식당에서 커피 한잔을 마시고, 즐거운 회포를 풀며 마음껏 웃었다.

도서관에서 나와 자금 관계상 집으로 와 저녁을 먹으며 약간의 술을 마시며 옛 즐거웠던 시절을 회상하며 또한 즐거운 회포―.

우리는 방배동 영당구장에서 사회인으로서 첫 만남의 당구를 하였다.

당구를 치는데 옆자리에서는 장정구 선수가 당구를 치는 것이었다.

집에 와 보니 큰형님하고 매형이 약주를 하시고 계셨다.

친구의 인사 소개를 하고, 형님과 매형의 좋은 말씀을 들으며 밤이 늦도록 술을 마셨다.

그다음 친구와 앞으로의 우리 생활이라든지 삶, 직장---- 이야기하며 지금보다 발전할 수 있는 그런 계기를 마련하고자 서로 간의 좋은 많은 대화를 하였다.

'예우와 뜻깊은 하루를 위해.'

모든 사람에 감사를

"여호와께 감사하라 그는 선하시며 그 인자하심이 영원함이로다."(시 136:1)

먼저 하나님께 감사하고, 푸른 하늘에 감사하고, 어버이에게 감사하고, 형님에게 감사하고, 매형, 누님들에게 또한 감사하고 싶다.

그리고 나와 만나 대화를 할 수 있는 모든 사람에게 감사하고 싶고, 감사가 사람의 마음을 즐겁고, 편안하게 만드는 것 같다.

항상 감사하는 가슴을 가지고 생활하고 활동하고자 한다.

농민에게 감사하고---.

우리가 생활하는 데 불편함이 없이 도와주는 모든 사람에게 감사의 넓은 마음을 전하고자 한다.

늘 감사하는 마음을 가짐으로써 감사를 베풀 수 있는 사람이 되고자 노력하여야 한다.

모든 이에게 감사를 베풀자.

좋은
습관

나는 요즘 점심을 먹은 후 소화를 시킬 겸 교내 서점에 가서 이것저것 책을 들추어 본다.

그것이 습관이 되어 점심을 먹은 후 꼭 서점에 간다.

건강, 유머, 에세이, 수험서 등등을 읽으며 좋은 문구는 기록하고 기억한다.

그리고 문제집도 꼭 몇 문제씩 풀어 본다.

그래서 이번 일요일은 교보문고에 가서 고대 철학과 교수 김용옥의 『동양학, 어떻게 할 것인가』.

良心宣言을 하고 교단을 떠난 젊은 교수님.

누구보다도 과감한 결단을 내린---- 그리고 교단을 떠난.

그러나 지금은 책을 쓰며 평범한 사람으로서 내릴 수 없는 용단, 정의를 위해.

도서관
청소부 아저씨

나는 매일 아침 도서관에 나간다.

도서관에 가면 어느새 왔는지 청소를 하고 있는 것이다.

나는 청소부 아저씨가 불평도 없이 배우지 못한 것을 한탄하지 않고 자기 맡은 일에 열심히 하는 것을 볼 때 내 마음은 훈훈하다.

모든 사람이 불평 없이 자기 맡은 일에 최선을 다할 때 이 사회는 얼마나 행복한 사회가 될까?

보다 나은 생활, 보다 나은 실천, 보다 나은 실력 향상을 위해 매진하자.

습관성 도서인 되자. 그리고 반성, 전진하자.

큰 산처럼 모든 사람을 포용하자.

아인슈타인 S= X(침착)+Y(생활 즐겁게)+ Z(명상의 시간을 가져라)

成功= 서두르지 말고 일함에 있어 다시 한번 생각하고 말하고 행동하자.

그리고 생활을 즐겁게, 유쾌하게, 보내며 한가한 시간을 가져라.

사색하고, 하루에 한 가지 일을 생각하고, 계획하고, 실천하고, 보다 나은 생활을 위해서 오늘도 내일도 분투노력하자.

젊음을 불사르자. 미련 없는 젊음을 보내자.

공부에 미쳐라.

어떤 일이든 미칠 수 있다는 것은 그것보다 행복한 일은 없는 것이다.

미칠 수 있다는 것은 목표를 위해 부단히 노력하기 때문이다.

내 길을 위해

누구나 자기의 길을 가는 것은 자유다.

그러나 그 길을 가는 데는 말할 수 없는 장애물이 있다.

그 장애물을 하나하나 슬기롭게 넘길 때 드디어 행운의 문이 열리리라.

슬기로운 자, 지혜로운 자가 되기 위해 오거서(五車書)만큼 읽고 또 읽자.

그리고 글을 쓰고 생각하고 대화하고 배우자.

젊어서 배워라. 젊음의 씨를 뿌리자.

많이 갈고 심어 많이 거두자.

보다 나은
삶을 위해

사람은 누구나 현재보다 미래를 위해 부단히 노력하는 것 같다.

사회생활을 통해서 발전적인 자아를 위해 전력해야 한다.

사회를 예리한 눈으로 보고 나는 농학을 하는 사람으로서 고뇌하는 시간을 많이 가져야 되겠다.

농가 부채가 3조 8천 9백 80억 원. 개인당 2백 2만 4천 원. 심히 놀랄 만한 일이다.

농업 정책을 애기하기에는 속수무책임한 일이다.

도시인이 take하면 give하는 논리가 통하지 않는 것이다.

농민과 도시인을 위해 좋은 정책을 펴야 되겠다.

앞으로 농촌 발전을 위해 농촌 문제를 늘 생각하며 좋은 정책을 구상할 것이다.

한국방송통신대를 졸업하고 서울대 대학원을 간 전*경 씨와의 대학원 진로의 대한 이야기, 전화번호도 적어 주고 적극적으로 도움을 받았다.

"만남은 배움이다."

만남은
발전

나는 만남을 발전이라고 말하고 싶다.

나의 궁금했던 일들을 친구, 선배, 스승 모든 사람과 만나 대화함으로써 날로 배우는 것이다.

올해는 행동하는 해, 능동적인 사람이 되어야 한다.

어떠한 일이든 능동적으로 행하는 사람이 되자.

누구에게 부탁하지 말고 스스로 하자.

매일매일을 결전의 날, 시험 보는 날로 생각하고 마음의 안일함을 버리고 긴장하고 계획에 차질이 없도록 반성하고 계획하고 행하자.

모든 진리는 안방에서 시작된다.

모든 진리는 가까운 데 있다.

모든 진리는 생활하는 데 있다.

모든 진리는 가정에 있다.

모든 진리는 자연에 있다.

모든 진리는 농심에 있다.

모든 진리는 새벽 동쪽, 하늘의 빛나는 별에 있다.

빛나는 별에 모든 진리가 영원히 빛나는 인간이 되자.

큰 나무는 외로워야만 되는가?

며칠 전만 해도 겨울답지 않은 날씨로 김장 김치가 쉬어 버렸다.

그러나 지금은 겨울다운 날씨다.

기온이 영하 10도 이하로 떨어지니 말이다.

동네 한복판에 커다란 느티나무가 외롭고 춥게만 보인다.

큰 나무가 되기 위해서는 외송처럼 외로워야만 되는가?

외로운 것이 아니라 홀로 사색에 잠겨야만 되는가?

홀로 부단히 자기와 싸워서 이겨 내야 되지 않겠는가?

큰 나무는 환경을 탓하지 않는다.

사람도 큰 그릇이 되기 위해서는 환경을 탓하지 말고 슬기롭게 극복해야 되지 않겠는가?

고향의 큰 느티나무처럼 고향 사람을 맞이하는 아름다운 큰 나무가 되어야 한다.

나의 몸은 근면한 몸으로 이루어져야 한다.

근면한 손, 근면한 발, 근면한 머리, 근면한 마음, 온통 근면으로 이루어져야만 한다.

근면은 실천이요, 행동이요, 용기이다.

부지런히 움직이어야 자기의 계획을 실천할 수 있기 때문이다.

부지런하지 않은 머리, 손발은 녹이 슬고 말 것이다.

녹이 슬지 않도록 움직여야 한다.

능동인이 되어야 한다.

힘 있는 거선의 기관 같이 힘찬 항해를 하여야 한다.

푸른 하늘과 같이 넓은 마음, 훈훈한 마음, 아름다운 마음, 사탕 같은 마음, 빵과 같은 마음을 가지고 생활해야 한다.

자기만의 생활철학을 가지고 사고하는 인생을 살아야 한다.

인생은 1년생 작물이 아니다.

술과 나와 학 형과의 대화

술은 모든 사람과의 친구다. 같은 환경에 처한 사람과 같은 농학을 공부하는 학 형과의 더할 나위 없는 인생 친구다.

나는 훌륭한 스승과의 대화, 선배님들과의 대화를 갈구하고 있는 것이다.

나는 얼마나 훌륭한 스승과 대화하고 있는가?

나는 얼마나 많은 친구들과 대화하고 있는가?

나에게 있어서는 대화는 곧 배움이다.

어느 누구와 가슴을 터놓고 이야기할 수 있는 사람.

이러한 사람이 되기 위해 오늘도 내일도 공부하고 많은 책을 읽으며 스스로 지식을 쌓고 힘을 길러 나가야 하는 것이다.

인생은 노력이다.

인생은 땀이다.

인생은 피다.

인생은 열매다.

한 젊은이의 죽음을 보며

고문으로 쌀쌀한 겨울에 말없이 한 매화꽃 한 송이가 떨어졌다.

인간으로선 상상하기조차 싫은 끔찍스런 일로 서울대 박종철 군이!

"철아 잘 가그래이. 이 아부지는 아무 할 말이 없다이---." 하며 눈물을 흘린 그의 아버지.

우리 모두의 눈물이다.

경찰의 어처구니없는 발표, 누구를 믿고 살아야 할지.

지난해에 크나큰 사건이 많이 일어나 이제는 만성이 되어 감정이 무디어진 느낌이다.

젊은 사람들이 기성세대를 믿고 따라야 하는가 의문이다.

젊은이들은 오직 정의를 구하고 있다. 정정당당.

정확한 발표를 바랄 뿐이다.

나는 모든 사람을 믿을 것이다.

황금의 기회

"…보라 지금은 은혜 받을 만한 때요 보라 지금은 구원의 날이로다."(고후 6:2)

사람이면 누구나 황금의 기회가 한 두 번은 꼭 있으리라 생각한다.

그 기회를 잡으면 성공할 것이다.

기회를 잡으려 노력하는 사람이 꼭 잡으리라 생각한다.

주워진 환경을 탓하지 말고, 그것을 활용해 전화위복(轉禍爲福)하는 기회로 만들어야 한다.

항상 나의 주위 사람들에게 감사하는 마음을 가지고, 기쁜 마음으로 모든 일을 행할 때 나의 지향하는 바를 꼭 성사시키리라 확신한다.

올해는 나의 해.

토끼 같은 눈으로 사회를 바로 알고 모든 일을 현명하게 처리하자.

늦잠

오늘 아침에는 평소보다 늦게 일어나 조깅을 하며 많은 눈이 내리는 것을 바라보면서 나에게 내리는 축복의 눈이 아닌가 생각했다.

눈은 사람을 속이지 않는 순백함이며 깨끗함이다.

항상 눈과 같은 깨끗한 마음을 하얀 마음을 가지고 생활하여야 한다.

눈은 모든 사람에게 기쁨을 주듯 나도 눈과 같이 모든 사람에게 기쁨을 줄 수 있는 꼭 필요한 사람이 되어야겠다.

늦잠은 나를 바쁘게 한다.

하루 일과를 시작함에 있어 나에게는 늦잠은 있어서는 아니 될 일이다.

잠에 깨어 인생(人生)의 늦잠을 자지 말지어다.

창조적인
일을 하자

나는 창조다. 창조를 원하거든 창조 정신을 갖고 무한히 사색하고 무한히 노력하는 인고와 고독이 필요하다.

항상 계획하는 마음, 시작하는 마음을 가지고 전심전력하는 길밖에 없다.

한 소나무가 큰 대목이 될 때까진 그 얼마나 많은 시련을 겪었을까?

큰 느티나무는 고독하게 보일지라도 결코 고독하지 않다.

새가 있고, 바람이 있고 해가 있고, 달이 있고, 별이 있지 않은가?

여름에는 많은 사람과 호흡할 수 있지 않은가?

느티나무야말로 친구가 많다.

사람도 마찬가지로 훌륭한 친구를 많이 가지는 것이 이 또한 얼마나 기쁘겠는가?

올해는 훌륭한 친구를 갖기 위해 노력하는 해가 되자.

진실한 친구, 풍부한 대화를 나눌 수 있는 친구.

조용한 아침

요즘은 박종철 고문치사 사건 때문에 좀 어수선한 느낌이다.

하루 빨리 모든 의문을 풀어 이 사건을 마무리해야만 되겠다.

올해부터 돼지, 닭, 통조림이 수입되고-- 농수산물의 65.4%가 개방된다고 한다.

이 또한 놀라운 일이다.

모든 농가가 부채에 허덕이고 있지 않은가?

모든 농산물의 고가 정책을 쓰는 것이 아니라 오히려 농민을 구렁텅이에 빠뜨리지나 않나 하는 생각뿐이다.

무조건 비교우위만 내세우는 모양새다. 근본적인 대책을 강구해야 한다.

1차 산업의 발전 없이는 뿌리 없는 나무에 불과하다. 아주 위험한 정책이다.

또 하루빨리 손을 쓰지 않으면 영영 손쓰기가 힘들 것이다.

이 모든 과제를 위해 나는 계속 학문 연구와 함께 항상 문제

의식을 가지고 곰곰이 생각할 것이다. 그리고 해결할 것이다.

어머님의
주름살

“네 부모를 즐겁게 하며 너를 낳은 어미를 기쁘게 하라.”(잠 23:25)

나를 낳으시고 길러 주신 자랑스런 어머님.

나의 자존심을 키워 주신 어머님.

나는 어머님의 주름살이 하나둘 늘어감에 새삼 안타까운 마음이 간절하다.

나를 위해 어언 70 평생을 살아온 훌륭하신 어머님.

나는 어머님을 위해 무엇을 했는가?

어머님을 위해 지금 무엇을 해야만 하는가?

올해는 어머님을 위해, 나를 위해, 나라를 위해---.

기필코 이 사회가 요구하는 사람이 되기 위해 나의 꿈을 펼치리라.

큰 날개를 펴고 제가 황새처럼 나의 꿈의 날개를 펼칠 때까지 오래오래 장수하시길 막내의 마음 간절하옵니다.

만수무강하십시요.

나무 같은 인생

> "의인은 종려나무 같이 번성하며 레바논의 백향목 같이 성장하리로다."(시 92:12)

집에 큰 나무를 베어 장작을 하면서 나도 나무와 같은 인생을 살아가겠다는 생각이 들었다.

거의 대부분의 큰 나무들은 몇백 년, 몇십 년을 오직 한 자리에서만 성장한 것 같다.

사람도 마찬가지로 자기가 성취한 자리에 오래 머무르게 되면 반드시 나무와 같은 큰 대목이 될 수 있을 것이라고 확신한다.

큰 나무가 되기 위해 어떠한 시련도 이길 수 있는 패기와 기상, 도전의 철학, 모험 없이 위대한 업적을 남길 수 없다.

인생은 도전의 연속이다. 도전 앞에는 승리도 있고 실패도 있다. 승리는 우연의 산물이 아니요, 요행의 결과는 더욱 아니다. 피, 눈물 나는 노력과 도전의 결정이요, 끝없는 투쟁의 소산이다.

인생은
개성

요즘은 대중매체의 홍수로 인해서 개성을 상실하기 쉬운 것 같다.

자기의 개성을 살리면서 자기의 길을 개척할 때~.

자기의 개성을 살리면서, 금 같은 시간, 금 같은 책, 금 같은 친구, 금 같은 형제, 이 모두를 금 같은 생각으로 생활한다면~.

인생의 대업을 이루려면 세 가지 힘이 있어야 한다.

知力과 活力 그리고 膽力이다.

무기력, 무관심, 무책임에 탈출하자.

'希望', 나는 달콤한 희망으로 마음을 달랜다.

확실히 세상은 좁지만 희망은 넓다.

창조적 활동

활동이 없는 인생은 죽은 인생이다.

활동은 존재의 생명이며 청춘의 심벌이다.

우리는 일하기 위해서 이 세상에 태어났다.

산다는 것은 곧 창조적 자기표현이다.

자기를 창조적으로 표현하는 데 성실한 사람은 행복한 사람이다.

고난을 뚫고 나가게 하는 원동력은 무엇이냐?

신념이요, 희망이다.

희망은 공포를 쫓아낸다.

절망은 실패와 죽음에 이르는 병이요.

희망은 생명과 성공에 이르는 약이다.

인생에서 희망과 신념을 갖는 것처럼 중요한 것은 없다.

인생 무엇이
문제인가?

사는 것이 중요한 문제는 아니다.

바로 사는 것이 중요하다.

어디에 사느냐가 문제가 아니다.

어떻게 사느냐가 문제다.

무엇을 말하는가가 문제가 아니다.

무엇을 행하느냐가 문제다.

얼마나 오래 사느냐가 문제가 아니다.

얼마나 보람되게 사느냐가 문제다.

자기의 운명을 좌우하는 것은 자신의 생각이다.

생각은 판단이요, 결정이다.

순간적인 판단의 실수 때문에 인생을 비극으로 끝낸 사람들이 얼마나 많은가?

그러나 염려할 필요는 없다.

인생은 한 번의 승패로 결판나는 것은 아니다.

인생에는 七顚八起의 교훈이 있다.

큰 산의 교훈

나는 산을 좋아한다.

큰 산을 바라다볼 때면 나의 마음도 산같이 크고 위엄이 있어 보이고, 위안이 되고, 감싸 주는 큰 가슴과 같이 느껴진다.

모든 이를 부를 수 있는 큰 산.

모든 이와 대화할 수 있는 큰 산.

내가 고2 때 지리산 천황봉에 올라 산의 아름다움과 정복한 기쁨.

그 누구도 맛볼 수 없는 그 희열을 느낀 것이다.

산은 나에게 큰 희망과 큰 힘을 준다. 그리고 나 자신을 생각하게 한다.

산과 같은 맑고, 푸른 마음을 항상 가지고 그 누구와도 대화를 나눌 수 있는 그리고 나의 꿈을 실현할 때까지 크고, 장엄하고, 엄숙하고, 그 어떠한 비바람에도 흔들리지 않는 큰 산처럼 내 마음 또한 그리하리다.

나를
성장시키는 것

나의 가치관과 나의 인생관, 정확한 판단력을 가지게 한 것은 바로 '책'. 독서를 하면서 더욱 굳어지기 시작, 지금은 확고부동이다.

그리고 또한 신문의 영향도~.

나는 매일 아침 신문을 보지 않으면 하루의 일과가 순조롭게 이루어지지 않는 느낌이다.

매일매일의 새로운 사건, 새로운 책 소개 등등~.

사람이 살아가는 데 새로움이란 단어가 있기 때문에 지루하지 않은 것 같다.

하루하루 또한 일평생을 살아가는 것 같다.

새로움이란 단어가 없었다면 지금 세상이 이렇게 변할 수 있을까?

멀지 않은 새봄, 따스한 봄을 기다리며, 꽃 피는 봄에는 나의 꿈 또한 활짝 필 것이다.

봄은 오는데

혹한도 서서히 물러가는 듯 이제 날씨도 풀리는 것 같다.

그러나 봄 정치는 두리둥실 떠 있는 먹구름 같이 불안하기만 하다.

한 치 앞을 내다볼 수 없는 것이 정치인가 보다. 그리고 그것이 정치의 묘미인가 보다.

내가 알고 있는 정치란?

민의 마음을 편안히 할 수 있는 대다수의 민이 원하는 그런 것이 아닌지. 먹구름 같은 그런 정치는 한강에 버리자. 늘 푸른 하늘과 같은 크고 넓은 그런 정치를 하자.

한 개인에 의해서 역사의 오점을 남기는 일은 하지 말자.

모두 자기가 맡은 일에 최선을 다하자. 그리고 세계를 향하여 가슴을 펴자.

'희망찬 내일을 위해.'

구름 사이로 보이는 햇님

구름 사이로 비치는 햇살은 더욱 힘 있게 보인다.

밝게 비치는 햇살처럼, 강력한 빛처럼, 강력한 기관처럼, 추진력을 가지고 인생의 항해를 할 때 표류하지 않고 가고자 하는 선착장에 도달할 수 있다.

인생의 목표가 없다는 것은 나침판 없는 배처럼 표류하다가 암초에 부딪치어 침몰할 것이다.

그러나 정확한 목표를 가지고 꾸준히 전진할 때 원하고자 하는 목표를 이룰 수 있는 것이다.

그래서 매일매일 새로워지고 건강한 몸으로 명랑한 생활을 행할 때 모든 일이 순조롭게 될 것이다.

자,
순조로운 항해를 위해

一生之計 在旅勤.

一年之計 在旅春.

一日之計 在旅寅하니.

幼而不學이면 老無所智요.

春苦不耕이면 老無所望이요.

寅苦不起면 日無所有.

싸운다는 것은 괴로운 일이다.

이긴다는 것은 힘든 일이다.

진다는 것은 슬픈 일이다.

승리에는 열광과 긍지가 따르고

패배에는 수치와 고통과 비애가 따른다.

이겨야 한다. 이기려면 힘을 길러야 한다.

우리는 패배에 신음하는 약자가 되지 않아야 한다.

인생의 마지막 싸움이 있다.

그것은 '내가 나하고 싸우는 것이다.'
가난한 사람은 책으로 인해 부유해지고
부유한 사람은 책으로 인해 출세를 하며
어리석은 사람은 책으로 인해 현명해지고
현명한 사람은 책으로 인해 이익을 얻는다.

날으는 연과 같이

나는 연과 같이 가벼운 마음, 상쾌한 마음을 가지고 즐거운 마음으로 모든 일에 임할 때 하고자 하는 일이 덜 어려움이 되리라 생각한다.

상쾌한 마음, 즐거운 마음이 나를 젊게 만들고 나의 사고력을 길러 준다.

인생을 흐르는 물과 같이.

인생은 달리는 버스.

인생은 배움.

인생은 사랑.

인생은 흙.

인생은 나무.

인생은 연주.

인생은 산.

독수리 같은 눈, 호랑이와 같은 용기를 가지고 모든 일에 최선을 다할 때 연과 같이 창공을 자유롭게 날 수 있는 것이다.

'이름 없는 꽃은 바람에 지고.'

日日新

"푯대를 향하여 그리스도 예수 안에서 하나님이 위에서 부르신 부름의 상을 위하여 달려가노라."(빌 3:14)

매일매일 새로운 하루.

벅찬 하루 보람찬 하루를 위해 최선을 다하자.

봄은 나의 육체를 잠시 피곤하게 만드는 것 같다.

그러나 나는 피곤이란 두 글자를 잊고 싶다.

내가 하는 길에 피곤이란 두 글자는 별 볼 일 없는 글자임에 틀림없다.

폭포수 같은 힘 솟는 마음으로 모든 것을 잃어버리고 오직 앞을 향해 전진하자.

보람 있는 한 해를 위해.

인생의 꽃 젊음을 위해.

늘 변화하며 살자.

젊음을
불사르자

"너의 청년의 때에 너의 창조주를 기억하라…."(전 12:1)

청춘은 인생의 꽃이요.

인생의 여름.

이 뜨거운 젊음을 학문에 심혈을 기울이며 최선을 다하자.

인생은 한 번 가면 다시 올 수 없는 청춘.

젊음 그 어느 때보다 더욱 소중하다.

기관과 같은 추진력을 가지고 꾸준히 노력할 때, 반드시 된다는 생각을 적극적인 사고방식을 가지고 모든 일에 임할 때, 자기가 하고자 하는 일을 행할 때 순조롭게 이루어질 것이다.

비가 모든 식물에 생명력을 불어넣듯이 나태한 생활 흐트러진 마음을 내리는 비에 씻어 버리자.

'비' 창문을 두드리는 애인 같은 소리.

들어도 들어도 질리지 않네.

나를 잠재우는 소리.

水善利萬物
老子

가는 곳마다 萬物을 利롭게 한다.

자연이든 사람이든 만물을 전수, 이롭게 할 수는 없는 일이다.

이로운 식물이 있으면 해로운 식물이 있고 이로운 이가 있는가 하면 해를 끼치는 이도 있기 마련. 높은 산이 있으면 낮은 산이 있고 깊은 바다가 있으면 얕은 바다가 있기 마련이다.

모든 게 서로 조화를 이루어 가며 이루어지며 살아가기 마련이다.

높은 산만 있다고 생각해 보자.

이 또한 얼마나 단조로운가.

만약 또한 하늘만 있다고 가정해 보자. 과연 우리가 존재할까. 모든 자연과 사람 또한 조화를 이루어 상부상조하며 살아간다. 지극히 당연한 사실이다.

다른 모든 것은 변해도 자연만은 파괴해선 안 된다.

자연=생명.

切磋琢磨

학문과 덕행을 닦는 데 게으름 없이 분투노력하자.

학문에만 치중하다 보면 덕이 부족하고

덕에만 치중하다 보면 학문이 부족하다.

이 두 가지를 행하는 데 있어서는 자기만의 진지한 삶에서만 이 이루어진다.

가치관이 무엇이냐.

옳은지 바람직한지 해야 하는지 하지 말아야 하는지 삶의 목표를 설정.

바람직한 가치관을 가지는 길은 많은 책을 읽음으로써 스스로 옳고 옳지 않은지를 판단해서 자기 것으로 만들어야 한다.

읽으면서 가기 스스로 사고하면서 나름대로 해석도 해 보고 비판도 하는 그런 능력을 가져야 한다.

'책은 인생의 안내자다.'

진취적 기상

나의 삶, 금 같은 청춘, 금 같은 시간, 소중한 생명, 진주보다도 값비싼 생명, 달 같은 밝은 인생, 해같이 솟구치는 힘, 정열, 하늘 같이 높고 넓은 마음, 바다 같이 푸른 마음, 황소 같은 의지, 거선과 같은 추진력, 고마움을 아는 마음, 베풀 줄 아는 사람, 웃음을 잃지 않는 마음, 명확한 판단력, 확실한 계획, 규칙적인 생활, 근면한 생활.

'내 마음을 달랠 수 있는 것은 희망이 있기 때문이다.

확실히 세상은 좁다. 그러나 희망은 넓다.'

인간은
입체적인 예술작품

오묘하고 교묘하게 만든 것이 바로 인간이다.

똑같은 사람도 없기 때문이다.

사람은 사고하는 동물이기 때문에 부단히 자기 길을 걸어간다.

비행기는 항로, 배는 선로로, 열차는 철로로, 나무는 땅에서 자기의 길을 이탈하면 엄청난 사고를 유발하게 된다.

마찬가지로 인생 항로를 이탈하면 그만큼 자기 뜻을 이루는 데 시간이 걸린다.

부단히 자기계발, 자기 창조를 위해서 절차탁마, 대기만성 할 수 있도록 전심전력 매진하자.

'인생은 장난이 아니다.'

아는 길도 물어서 가자

옛말에 있듯이 지금 생각하면 너무도 지당한 말이다.

아는 척하다가 그냥 지나치다 큰일을 당한 사람도 있을 것이다. 새 학기 등록하는데 아는 척 그냥 지나갔으면 큰일 날 뻔했다.

어떠한 일이 발생했을 때는 알아도 물어보고 항상 겸손한 마음으로 清水와 같은 마음으로 모든 사람에게 배우는 마음가짐으로 생활하면 좀 더 현명한 사람이 될 것이다.

他山之石.

"겸손한 마음가짐을 갖자."

늘 인사하는
사람이 되자

Give and take라는 말이 있듯이 먼저 밝은 미소로 인사를 하자. 인사야말로 상대를 존중하는 마음이다. 서로 신뢰하는 마음.

주위 사람들에게 관심을 가지고 무표정한 얼굴이 아닌 밝은 표정으로 인사를 먼저 하자.

밝은 인사는 밝은 사회를 만들 것이다.

밝은 가정, 밝은 이웃, 밝은 사회를 위해 인사를 하자.

인사하는 것에 인색하지 말자.

내일의
밝음을 위해

밝은 햇살처럼 맑음, 미소를 위해 항상 주어진 여건 속에서 긍정적인 사고방식과 예리한 판단력으로 세상을 직시하며 보다 나은 삶을 위해 모든 어려움을 극복하고 의연한 자세로 생활하자.

누구라도 대화할 수 있는 사람, 칭찬할 수 있는 사람, 감사함을 표현할 수 있는 사람, 영원히 지지 않는 별을 위해~.

성공적인
삶을 위해

행복하게 생각한다.

일할 때와 놀 때 남과 잘 어울린다.

자제력이 있다.

믿을 수 있다.

매사에 흥미와 창의력이 있다.

주어진 일을 잘해 낸다.

give and take 법칙을 잘 지킨다.

이끌 줄도 알고 따를 줄도 안다.

닥친 일에 이유를 달지 아니하고 오직 방법만을 모색한다.

유우머가 있다.

자기의 터전을 자기가 마련한다.

자기 생에 필요한 보호를 위해서 훌륭한 지도자를 찾아 따른다.

목표 달성 의욕이 강렬하다.

정직하다.

변함없는 의욕

뚜렷한 목표를 설정.

목표를 달성하고자 하는 강력한 의욕.

적극적이고 긍정적인 행동을 의도적으로.

반복의 중요성을 믿고 실행한다.

구체적인 동기 부여 요소를 사용하라.

평상시 자신의 자세를 냉철히 파악하라.

자기 자신에 대하여 분석가가 되라.

스스로 분석한 것은 노우트화해서 연구 조사하라.

적극적인 사람과 사귀라.

오만과
자만을 버리자

"교만은 패망의 선봉이요 거만한 마음은 넘어짐의 앞잡이니라."(잠 16:18)

오만과 교만을 버리고 겸손한 자세, 침착한 자세, 매일매일 반성과 앞길을 설계하자.

특히 건강에 유의하면서 돈을 잃은 것은 조금 잃은 것이요. 건강을 잃은 것은 모든 것을 잃은 것이다라는 말이 있듯이 자기의 생명은 한 번 있는 것이다. 두 번 있는 것이 아니다.

그래서 누구나 건강의 중요성을 강조한다.

신체의 건강은 규칙적인 생활이요. 정신건강은 책이다.

다독하는 습관을 기르자.

대범하고 슬기로운
생활을 하자

원대한 포부를 위해 나의 대범한 생활을 위해 슬기로운 지혜를 위해 나만의 시간을 가지고 생활하자.

바위틈에서 자라는 소나무같이, 바다에서 파도를 헤치고 가는 배처럼 자기의 길을 굽히지 말고 외길을 위해 전진하자.

옛 속담에 우물을 파도 한 우물을 파라는 말이 있듯이.

보람된 일을 위해…

사랑하며 살아가며…

웃으면서 살아가며…

이해하며 살아가며…

협동하며 살아가자.

성공은 최고의 의사요, 가장 좋은 보약이다

성공은 좋은 것이다.

경제적으로, 사회적으로도 좋고, 육체적, 정신적으로도 좋은 것이다.

로마는 하루아침에 이루어지지 않는다라는 말이 있듯이 자기의 진실한 인생, 보람된 삶을 위해 하루하루를 유용하게 보람되게 활기차게, 인상 쓰기보다는 웃으면서, 받기보다는 주기를.

멸시보다는 존경받기 위해….

부정적이기보다는 긍정적으로….

안 된다기보다는 된다라는 확고한 신념을 가지고 자신 있게 추진하자.

피동적으로 하지 말고 능동적인 사람이 되자.

자신감과 확고한 의지는 성공의 지름길이다.

꽃샘추위

꽃샘추위가 물러간 줄 알았던 겨울. 추위가 미련을 버리지 못하고 꽃 피우는 것을 시샘하는 것이라고 한다.

이것은 마지막 3월을 보내면서, 잔인한 달 4월을 맞게 된다. 나에게는 어느 때보다도 중요한 4월이다.

모든 사람에게 감사와 기쁨과 즐거움을 주는 내가 되자.

희망의 결실을 거두자

봄에 씨앗을 뿌리고 정성을 다하여 가꾸어서 가을에 풍성한 결실을 맺듯이 사람에게도 희망의 결실을 거두기 위해 성실한 자세, 주체성이 있는 근검절약하는 생활이 몸에 배어 있어야 되겠다.

별이여

나의 확신과 희망을 잃지 않게 하는 새벽 별이여.

나는 그대를 바라보며 항상 유구무언의 대화를 하네.

그대는 나의 마음을 아는가?

나의 건강한 삶을 위해서 항상 불붙은 열정으로 진리 탐구에 전력투구하여 나의 목표에 도달할 수 있도록 최선의 노력을 다하자.

선배님과의 차 한잔

차 한잔을 마시며 좋은 말씀 속에서 정보도 얻고 이 얼마나 고마운 일인가?

좋은 선배님, 좋은 스승, 좋은 친구, 선배님들과의 허심탄회한 대화를 통해서 궁금했던 것들에 대해서 묻고 듣는 나의 마음은 대단히 기쁘다.

앞으로 원활한 대인관계를 통해서 끊임없이 배우는 자세로 생활하자.

오늘의 반성, 나보다 남을 위해 차 한잔을 권하는 자세를 갖자.

젊어서
실수는 약이 된다

한 달 전에 나는 도서관에 일찍 나가다가 하루는 늦게 나가게 되었다. 내 단골 책상에는 책이 있어서 좌석 번호는 다른 사람이 가져가고 없었다. 옆에 한 아저씨가 원고를 작성하고 있었다. 나는 총동창회장인 분을 모르고 있었는데 명함을 전하면서 악수를 청했다.

나는 얼굴이 얼마나 뜨거운지 몰랐다.

오늘 총동창회장님이 《통일춘추》라는 동창회지를 나에게 2권을 주어 김*기, 김*종에게 주었다.

나는 전날 전*경 선배님에게 부탁해서 먼저 받았다.

진심으로 나에게 도움을 주시는 선배님에게 감사한 마음을 글로나마 전합니다.

근면 성실한
생활

"이것으로 말미암아 나도 하나님과 사람에 대하여 항상 양심에 거리낌이 없기를 힘쓰나이다."(행 24:16)

좀 더 근면하고, 좀 더 성실하고, 좀 더 겸허하고, 좀 더 발전하고, 좀 더 전진하는 마음의 자세.

봄 날씨에 마음도 몸도 나른하고 나태하기 쉬운 계절이다.

최후의 웃음을 위하여, 지금의 쓴 약을 먹으며 힘껏 목표를 향해 분투노력하자.

불타는 마음으로 열공하며 항상 사고하는 습관이 몸에 배게 하자.

늘 책을 읽는 습관으로~.

말하기보다는 잘 듣는 자세, 가식이 없는 진실한 말을 위해~ 늘 웃으며 살자.

마지막이라는 생각을 가지고

전심전력, 모든 힘을 쏟자.

마지막이라는 생각으로, 넓고 차분한 마음으로.

인생은 사력의 연속.

내일의 즐거운 삶을 위해서 오늘의 피곤함을 잃고, 나를 위해 수고하시는 모든 분들에게 보답하자.

나는 달콤한 희망으로 마음을 달랜다.

확실히 세상은 좁다. 그러나 희망은 넓다.

늘 어두움을 밝히는 가로등처럼, 빛나는 별처럼, 불붙은 태양처럼~~.

유종의 미를 거두자

> "그러나 끝까지 견디는 자는 구원을 얻으리라."(마 24:13)

시작도 중요하지만 끝을 맺는 것은 더욱 중요하다.

미국의 LA마라톤대회에서 다리 대신 두 손으로 마라톤 전 코스를 달린 사람, '보브 위랜트'. 세계에서 가장 느린 마라토너. 그는 "어디서 시작했느냐가 중요한 것이 아니라 어디서 끝마쳤느냐가 더 중요하다."고 말했다.

두 다리를 잃어 두 팔로 42.195km를 완주했다.

그는 "저에게는 권태로운 날이 단 하루도 없습니다. 목표를 세워 그것을 해내는 것이 진짜 사는 재미인 것입니다. 안 된다고 생각했을 때는 다리가 열 개라도 그 사람의 인생은 끝장인 것입니다."고 말했다.

그의 뜨거운 집념, 자기 자신과의 싸움에서 이긴 그는 진정

한 인간 승리자다.

유종의 미를 거두는 데 수고하신 나의 주위의 모든 분들에게 항상 감사할 따름이다. 항상 감사하자.

샘솟는
약숫물처럼

샘솟는 약숫물처럼 깨끗하고, 늘 새로운 마음, 끊임없는 마음, 변함이 없는 마음, 지칠 줄 모르는 마음, 밝은 마음으로 생활하자.

흐르는 물과 같이 샘솟는 약숫물처럼 순리대로 행하자.

감사의
글

시험을 이 주일 앞두고 저녁 식사를 하려고 하는데 김 형과 김 형의 여자친구가 함께 와서 저녁을 함께하자는 것이다.

나는 감사한 마음으로 함께했다.

오늘 저녁 주 메뉴는 삼계탕이다.

저녁 후에는 맛있는 커피 한 잔….

오늘도 이 얼마나 고맙고 감사한 일이냐.

이에 보답하는 마음으로 최선을 다해 당당히 합격의 영광으로 보답하자.

오늘도 고마움을 잊지 말자.

술과
술친구

자율학습을 밤늦게 마치고, 박 형과 소주 한잔을 마시며….
나의 시험 본 이야기며, 대인관계 이야기를 하면서 앞으로의 비전을 위해 더욱더 근면, 성실, 노력하는 사람이 되어야 한다며….

또한 우리의 주워진 환경을 탓하지 말고, 변화무쌍한 현실사회에 적응하면서 더욱 매진하자.

사람의 마음을
평온하게 하는 꽃처럼

동작역으로 가다 보면 도로 옆 비탈진 벽에 진달래꽃이 활짝 피어 오고 가는 사람들의 마음을 평온하게, 환하게 하는 것 같다.

마찬가지로 평온한 사람이 많은 책을 읽으며, 지혜를 배우고, 대인과의 대화를 통해서 인고의 정신을 배워서 슬기로운 사람이 되는 것처럼….

평온함을 가져다주는 꽃처럼, 인생의 평온함을 위해 나날이 새로워지자.

근면,
성실한 생활

매사 모든 일에 성실하게.

매사 모든 일에 근면을.

매사 모든 일을 활기차게.

매사 모든 일을 보람 있게.

매사 모든 일을 인내로.

매사 모든 일을 웃음으로.

매사 모든 일을 즐겁게.

이 모든 일을 위해서 근면, 성결한 마음으로 행하자.

꿈의 실현을 위해 더욱 매진하자.

一心

자기의 뜻을 펼치고자, 一心의 마음으로 목련꽃 피는 따스한 봄에도 흔들리지 않는 마음으로 바른 마음, 따뜻한 마음으로 생활하자.

괴로움보다 즐거움을 위해 괴로움을 보답으로 '忍耐'하는 마음으로 넓은 마음, 큰마음을 위해.

시작하는
마음

늘 시험을 마치면 마음 한구석에는 아쉬움과 허전함이 남는다. 하지만 이를 극복하기 위해서는 독서와 다시 시작하는 마음으로 꾸준히 자기만의 길을 갈 때 결코 아쉬움과 허전함도 덜 하리라 생각한다.

다시 심기일전 분투노력하자 젊음을 면학에 힘쓰자.

幼而不學 老無所知.

만족

"내가 궁핍하므로 말하는 것이 아니니라. 어떠한 형편에든지 나는 자족하기를 배웠노니."(빌 4:11)

만족이란 결단이 있는 것인가?

만족이란 자기 마음속에 있는 것이 아닐까?

모든 사람이 자기 일에 100% 만족하고 있을까?

대통령이 되었다고 과연 만족한 인생을 살았다고 자부할 수 있을까?

나는 만족이란 단어를 자기 마음속 내면에 있다고 생각한다.

자기가 만족하다면 만족할 것이고, 타인에 의해서는 만족할 수 없기 때문에 만족은 오직 내 마음에 있다고 말하고 싶다.

생의 만족을 위해….

만족스럽다= 모자람이 없이 마음에 들어 흐뭇한 데가 있다.

While we stop to thank,
we often miss our opportunity publilius syrus

생각하기 위해 멈춰 있는 동안 종종 우리는 기회를 놓친다.

좋은 계획만으로 끝나지 말고 실천으로 행하는 자가 되어야 한다.

시간을 헛되게 쓰지 말고, 좀 더 많은 시간을 활용해서 더욱 더 많은 책을 접할 수 있는 기회를 스스로 만들자.

"모든 사람을 잠깐 동안 속이거나, 소수의 사람을 영원히 속일 수는 있어도, 모든 사람을 영원히 속일 수는 없다."

- 링컨 대통령

科學的
인생을 살자

科學的 人生, 현명한 인생을 위해 누구나 더 좋은 인생을 위해서 갈구하며 살아가는 것 같다.

김수환 추기경님의 말씀처럼 국민은 있어도 주적은 없고, 신문, 방송은 있어도 언론은 없으며, 국회와 정당은 이름뿐이요, 힘만 있고 정치는 없는 공허한 현실 속에서 살아가고 있다.

이 얼마나 천부당만부당한 말씀인가?

과학적인 생각으로 항상 사색하며, 겸허한 마음으로 현실을 직시하며 더욱더 나은 삶을 위해 노력하는 이 시대의 젊은이로서 최선을 다하자.

꽃과 같은
인생

피고 지는 인생.

피지도 못하는 인생.

활짝 핀 진달래꽃, 벚꽃, 개나리꽃이 모든 이의 마음을 편안하고 즐겁게 하듯이 모든 이에게 편안함을 줄 수 있는 사람이 되자.

머뭇거림 없이 계획대로 실천하는 실천인, 현명한 사람, 정직한 사람이 되기 위해서~~.

오늘보다 더 나은 내일을 위해 실천하자.

모든 사람에게 감사와 즐거움을 주기 위해~~.

개구리 소리

옛날에 국어책에 나오는 청개구리가 생각난다.

시골의 개구리 소리와 서울의 자동차 소리.

시골의 개구리 소리는 캄캄한 밤에 멀리서 들려오는 개구리 소리는 옛 추억을 생각나게 하는 노랫소리같이 들린다.

그러나 서울의 자동차 소리는 각박한 현실의 소리가 아닌가 한다.

어떤 소리가 좋으냐는 듣는 이의 마음이다.

그러나 나는 분명 추억의 소리인 개구리 소리가 좋다.

또한 정직한 자연의 소리가 아닌가 싶다.

가식 없는 정직한 소리~~.

뿌리 깊은 나무 바람에 흔들리지 않고

"너는 강하고 극히 담대하여 나의 종 모세가 네게 명령한 그 율법을 다 지켜 행하고 우로나 좌로나 치우치지 말라…."(수 1:9)

샘이 깊은 물은 가뭄에 그치지 않는 것 같이 뿌리 깊은 나무는 바람에 흔들리지 않는 것처럼, 깊은 물, 깊은 뿌리, 큰 나무처럼 큰 사람이 되기 위해서 가치관이 흔들림이 없이 꾸준히 밀고 나가는 사람이 되자.

봄 날씨에 흔들린다든가.

시험으로 인해 흔들린다든가.

여자 문제 때문에 흔들린다든가.

결코 바람직한 것은 아니다.

적극적인 사고방식으로 돌진할 때, 눈앞에 보이는 것은 오직 밝은 태양이다.

인생은
계획

늘 계획하며 또 계획하며 살아가는 것이 인생이다,

생각하고 또 생각하며 살아가는 것이 인생.

살아 움직인다는 것은 바로 계획한 것을 실행하는 단계에서 나온다.

어떤 시기에 어떤 계획이 얼마나 현명하게 계획되어 실행하느냐가 자기의 인생의 목표 달성을 빨리 또는 오래 걸릴 수도 있는 것이다.

현명한 계획 아래 실행하는 현명한 사람이 되자.

청춘은
등산의 정상

오늘은 도서관 휴관으로 김광종, 이상옥, 허혁 선배님과 함께 15개월 만에 시흥산에 올랐다.

묵직한 바위, 바위의 마음을 흔드는 진달래꽃, 대조적이면서도 자연 속에서 잘 어울리는 듯하다.

김광종 형님의 철저한 준비로 정상 부근에서 맛있는 식사를 하게 되어 무척 고마움과 감사할 따름이다. 늘 시험을 준비하면서 잠시 마음의 동요를 받은 것도 사실이다.

그러나 오늘 모처럼 산을 오르면서 사람에게도 인생의 정상을 향하는 가는 것은 오르지 한 코스로 철저히 계획된 준비하에 실천하는 것이 빠른 길임을 자각하면서 한 걸음 한 걸음 나아가자.

보람찬 즐거움 삶을 위해.

對話는 배움

대화는 배움이요 즐거움이다.

대화는 겸손을 배우고, 대화는 그 사람의 인격이요.

대화는 현명한 들음으로 배우게 된다.

대화는 생활에 활력을 불어넣어 준다.

대화는 발전할 수 있는 기회를 마련해 준다.

대화는 대화를 통해서 계획을 만들게 해 준다.

대화는 대화를 통해 서로 소통함으로써 문제 해결의 실마리를 마련한다.

사람은
사람일 수밖에 없다

사람은 달도 아니요, 해도 아니요.

산도, 바다도 아니다.

사람은 오직 사람일 뿐이다.

사람을 달, 해, 산, 바다에 비유할 수 있듯이, 나는 해같이 열정적인 인생, 달같이 밝은 인생, 산같이 아름다운 인생, 바다와 같이 푸르고, 넓은 인생을 살기 갈구하며 그렇게 살려고 노력한다.

물론 사람인지라 뜻대로 안 될 때도 있다. 사람이 신이 아니듯~~. 그럴수록 더욱 노력하고 근면 성실한 생활을 하는 습관을 기르자.

어떻게
움직일 것인가

걸을 것인가, 달릴 것인가, 날 것인가.

자! 이 모두를 위해 전진하자.

근면 성실을 위해 내일의 목표 달성을 위해, 오늘 하루하루 최선을 다하는 生活을 하자.

남을 비방하는 말을 하지 말고, 칭찬하는 말을 하자.

국가를 모독하지 말고, 정의를 위해 바로 알고, 바른 비판을 하며 국가와 국민을 위해 일을 할 수 있도록 격려하자.

나라의 일꾼들을 위해.

한 길로만
가세

부지런히 가세.
한눈팔지 말고 가세.
뜻있는 길로 가세.
굽은 길로 가세.
태양 있는 길로 가세.
달이 있는 길로 가세.
별과 대화하며 가세.
책을 보며 살아가세.
이 몸이 다할 때까지.

낯선 사람과의 커피 한잔

도서관에서 공부를 하고 잠시 휴식을 위해 옥상에 올라갔다.

그런데 낯선 사람이 다가오더니 성균관대학교를 졸업하고 군대에 갔다 와서 졸업 논문을 쓰는데 참고 자료로 우리 학교(방송통신대학교) 논문이 필요해서 열람하려고 한다며 도움을 요청했다.

나는 쾌히 승낙하여 필요로 한 논문집을 빌려주고 학교에서 커피 한잔을 마시며 잠시 이야기를 나누었다.

나는 그 사람이 필요한 자료를 도와주어서 기쁘고, 그 사람은 필요한 자료를 활용해서 논문에 필요한 자료를 얻어서 고맙고….

서로의 만족을 위해서 서로 돕는 것이 필요하다.

한 그루의 유실수가 되기 위해

한 그루의 유실수, 즉 땔감이 아닌 신실한 유실수가 되기 위해 노력하자.

좋은 꽃이 좋은 열매를 맺듯이~.

인생의 꽃은 청춘이요, 인생의 결실기는 중년이 아닌가 싶다. 인생의 충실한 열매를 위해서 인생의 꽃인 청춘을 위해서 꾸준히 노력하며 밝은 미래를 향해 전진하자.

풍랑을 헤치며, 의연한 자세로, 성숙해지며, 내일의 밝은 미래를 위해 한 그루의 유실수가 되자.

어버이의 날

> "네 부모를 공경하라 그리하면 네 하나님 여호와가 네게 준 땅에서 네 생명이 길리라."(출 20:12)

다시 한번 감사의 마음을 가지며~.

나의 아버지(선친)는 내가 두 살 되던 해에 세상을 뜨셨다.

늘 어머님께서는 아버지 없는 자식이라고 욕먹지 말라고 종종 말씀하시곤 했다.

늘 자식이 나쁜 길로 가지 않도록 걱정해 주시고, 격려해 주시며, 때론 나의 자존심을 키워 주신 훌륭하신 나의 어머님! 평생을 고생하시면서 손과 발이 닳도록 궂은일을 마다하시지 않으시고, 얼굴의 주름이 세월을 말해 주듯~~.

어머님께서 아버님(선친)이 일제강점기에 일본에 강제 징용으로 갔다 오셨다는 말씀을 듣고, 아버의 친구(정○○)분을 만나 뵙고, 그 이야기를 근거로 국가기록원에 그 근거가 있음을 확인할 수 있었다.

이 얼마나 감사한 일인가?

혼자서 6남매를 위해 평생을 수고해 주신 어머님!

유행가 가사처럼 '늙으신 어머님을 내가 모시고….'

어머님을 위해, 나를 위해, 국가를 위해 더욱 매진하자.

젊은이의 마음, 젊음의 기지개를 펴라.

고독을 벗 삼아 살아가세

고독의 사전적 의미는 홀로 있는 듯이 외롭고 쓸쓸함을 의미한다.

어머니의 태 속에서 갓 태어난 아이가 어머님의 전적인 보호 아래 있다가 홀로 엎어지고, 기어 다니며, 홀로 서서히 걸음마를 배우고 성장하듯이… 학교 때 친구들과 어울리며 놀기를 좋아하면서 서로에게 배우게 된다.

그러나 청년이 되면서 자기를 되돌아볼 수 있는 계기를 마련하고자 홀로 조용한 자기만의 시간을 원할 때가 있다.

스스로 자기 자신과의 대화를 통해서 사고하고 시간을 갖게 된다. 폭넓은 정신세계를 가지기 위해서는 많은 훌륭한 책을 통해서 넓혀 나가야 한다.

자기 자신을 위해 늘 노력하며, 고독한 시간을 통해서 사고하며 보다 더 넓은 정신세계를 가지기 위해 노력하자.

대범함과
슬기로운 생활을 하자

원대한 꿈의 실현을 위해 나의 대범한 생활을 위해, 슬기롭고 지혜로운 생활을 위해, 나만의 시간을 가지며 생활하자. 바위는 산에서, 바다에는 배가, 철로에는 기차가 다니듯…. 자기의 길을 개척하며, 자기의 꿈을 실현하기 위해 거선의 기관과 같이 큰 바다를 항해하듯….

옛 속담에 "우물을 파도 한 우물을 파라."는 말이 있듯이. 무슨 일이든 한 가지 일을 꾸준히 해야 이룰 수 있다는 말이다.

보람 있는 일을 위해 살아가세.

사랑하며 살아가세.

웃으면서 살아가세.

이해하며 살아가세.

협동하며 살아가세.

시간을
쓸모 있게

"세월을 아끼라 때가 악하니라."(엡 5:16)

우리가 살다 보면 쓸모없는 데에 많은 시간을 낭비하게 된다. 그 누구에게나 똑같이 주워진 시간을 어떤 이는 새로운 것을 발명하는 데 한평생을 바쳐서 편리함과 안전함을 주기도 하고, 어떤 이는 도움을 주기보다는 해를 주기도 한다.

시간을 낭비하지 말고 유익하고 즐거운 시간을 갖기 위해 노력하자. 타인과의 대화는 좋지만 공부하는 데는 너무 많은 시간을 낭비한다면 결코 바람직하지 못하다.

보다 슬기로운 시간을 보내며, 보다 많은 시간을 이용하여 보람찬 내일을 설계하자. 명석한 판단으로 슬기로운 내일을 설계하자.

내일의 영원한 즐거움을 위해….

대학로의
아름드리나무를 보며

큰 느티나무, 은행나무 등 많은 대학로 가로수들이 있다. 신록의 계절 봄을 맞이하여 싱그러운 나뭇잎들이 그늘을 만들어 오고 가는 이들의 마음에 아름다움과 희망의 빛을 불어넣는다. 대학로의 거리는 많은 젊은이들에게 휴식처와 그들의 끼를 발휘할 수 있도록 공간을 제공한다. 어떤 이는 그림으로, 어떤 이는 노래로, 어떤 이는 롤러스케이트로….

많은 사람들이 서로 다른 취미와 하는 일이 다르듯… 대학로의 큰 나무처럼, 사람도 큰 인물이 되어 많은 사람에게 더 많은 도움이 되는 사람이 되자.

빙동삼척
비일일지한

삼 척 두께의 얼음은 하루의 추위로 이루어진 것이 아니다. 어떤 일도 짧은 기간에 이루어지지 않는다는 것을 비유하는 말이다.

로마가 하루아침에 이루어지지 않은 것처럼 나의 삶의 길도 마찬가지다. 나는 오늘 넘어지고 또 넘어졌지만 다시 일어나리라 다짐한다.

오늘의 고통에 무릎 꿇지 않고 꿋꿋하게 버티는 큰 나무가 되기 위해… 젊은 이 순간을 모든 고통을 이겨 내고 다시 일어서고 또 일어나 목적지를 향하여 걸어가자.

작은 초승달이 매일매일 차올라 크고 밝은 큰 보름달이 되어 온 세상을 밝히듯, 모든 사람에게 희망의 빛을 선사하는 사람이 되자.

물
흐르듯

물이 위에서 아래로 흐르듯 산이 있으면 바다가 있고 땅이 있으면 하늘이 있고 남자가 있으면 여자가 있고, 봄이 가면 여름이 오고, 여름이 가면 가을이 오고, 가을이 가면 겨울이 오듯이 자연의 섭리에 역행하지 말고 순응하면서 자기의 잘못을 반성하면서 반전의 계기로 만들어 가자. 오늘 꽃이 피고 내일 열매가 맺기를 바라는 어리석은 사람이 되지 말고 지혜로운 자가 되자. 내일의 밝은 미래를 위해 전력투구하자. 나의 길을 위해 오늘도 내일도 한 걸음, 한 걸음 행하자.

오뚝이 인생

"대저 의인은 일곱 번 넘어질지라도 다시 일어나려니와…."(잠 24:16)

넘어지고 또 넘어져도 다시 일어나는 오뚝이처럼 영원히 쓰러지지 않는 변함없는 큰 바위와 같이 오늘의 작은 고난이 내일의 밑거름이 되어 한 단계 업그레이드 하는 발전의 전기를 마련하자.

오늘도 내일도 한 계단 한 계단 오르는 심정으로 내일 위해 설계하자.

나는
누구인가?

나는 물이요, 나무요, 산이요, 바위요, 공기다.

나는 자연인이다. 자유로운 자연인이다.

자연에 순리대로 행하는 자연인이다.

마음엔 평온, 불붙는 나의 꿈을 향하여, 누구보다도 열심히 뛰고, 또 뛰기 위해 온 정성을 다하자.

나는 정열의 소유자가 되기 위해 불같은 사랑, 불같은 취미, 불같은 면학, 자유로운 여행, 산교육을 위해 실천하는 자가 되자.

준비하는 자세로 생활하자

무슨 일을 하든지 매사 사전 준비하는 자세를 갖고 항상 생활하자.

준비가 있으면 어떠한 일을 만나든지 겁날 것이 없고 의연한 자세로 대처할 수 있다. 지칠 줄 모르는 황소 같은 힘과 끈기와 인내를 가지고 꿈을 향해 전력추구하자.

지구는 둥글다. 고로 인간사도 둥글게 둥글게 살아가자.

밝은 마음, 밝은 미소, 푸른 정신으로 강건하게 살아가자.

주인 의식을 가지고 생활하자

'주인 의식'은 일이나 단체 따위에 대하여 주체로서 책임감을 가지고 이끌어 가야 한다는 의식을 말한다.

한 가정의 주인, 한 나라의 주인, 세계 속의 한 주인으로 '주인 의식'을 가지고 객이 아닌 한 주인으로 적극적인 생활을 하자. 주인으로서 독립생활을 위해 더욱더 분골쇄신, 분투노력하자.

나의 가는 길을 누가 막으리오. 나는 오직 나의 길을 가기위해 현명하고, 밝고, 맑게 살아가겠소. 내일의 밝은 미소를 위해.

모내기 철

예로부터 벼농사는 못자리 농사가 반농사라고 할 만큼 모를 잘 키우는 것을 중시했다.

농촌에서는 모든 일들이 모내기 철에 시작된다.

밭에서는 고구마 심기 작업, 과수원에서는 적과 작업과 제초 작업 등등 많은 일들이 수반된다. 산에는 아카시아꽃이 만발하고 향기로운 냄새로 고향의 향기를 뿜어낸다.

많은 손길이 필요한 시기이다. 그러나 농촌에는 많은 사람들이 도시로 이동하여 젊은 손길이 그 어느 때보다 필요하다.

인생에 있어서도 인생 이모작이란 말이 있듯이 백 세 시대를 맞이하여 자기가 좋아하는 것, 자기가 잘하는 것, 자기가 해 보고 싶었던 일을 생각하며 하나씩 하나씩 찾아서 그 꿈을 향해 항해하자.

삶이란

삶을 딱히 한 가지로 정의하기가 어렵다. 삶을 살아가면서 어떤 길이 참된 길인가 찾아가는 과정이 아닌가?

참된 삶을 살아가기 위해선 경험 중심의 삶을 살아야 함을 강조한다. 아무리 많은 것을 듣고, 배운다 한들 직접 체험해 보지 않은 것은 내 것으로 만들기가 힘들다.

'治身以道', 올바른 도리로 사람을 다스려야 그 삶 역시 올바른 길로 갈 수 있다. 자기만의 만족, 사리사욕만 채우기에 급급하다면 참된 삶의 길로 가기는 힘들다고 보았다.

나는 삶이란 문제의 연속 속에서 하나하나 해결해 나가는 것이 아닌가 생각한다. 사람마다 문제없는 사람이 없다. 이렇듯 문제가 없으면 죽은 사람과 마찬가지다. 개인의 문제, 자녀들의 문제, 가정의 문제, 직장의 문제, 한 국가의 문제 등등….

항상 문제 인식을 가지고 한 가지 한 가지 슬기롭고, 지혜롭게 해결해 나가는 것이 좋은 방법이 아닌가?

심고
가꾸는 마음

봄에 씨앗을 뿌리고 거름을 주고, 잡초를 제거하며 피땀 흘려 가꾼 작물이 많은 열매를 맺듯이 사람에게도 각자 자기의 생각과 생활 습관이 다르듯 자기를 위해 얼마나 많은 시간과 정성을 다하여 자기 자신을 억제하고 규칙적인 생활을 하면서 자기의 꿈을 향해 노력 여하에 따라 결과물이 다르게 나타난다.

모든 일에 최선을 다하는 자세가 중요하다.

'盡人事待天命', 사람이 할 수 있는 일을 다 하고 하늘의 명을 기다려라.

자존감

스스로 품위를 지키고 자기를 존중하는 마음, 즉 자신을 존중하고 사랑하는 마음. 어린 시절 동안의 가족 관계가 자존감 발달에 있어서 결정적 역할을 하는 것으로 알려져 있다. 1890년 미국의 심리학자 윌리엄 제임스가 정의한 용어이다. 낮은 자존감은 과도하게 인정받기를 원하고 애정을 갈망하며, 개인적 성취에 대한 극단적인 열망을 표현하는 성격으로 나타나는 경향이 있다.

자존감을 높이는 것은 많은 사람과의 대화와 책을 통해서 성장하게 된다. 마음의 생각이 서로 다르고 다투는 것이 아니라 이해하며 소통하는 것이 중요하다.

내일을 휴식

피곤한 육체와 산만한 마음을 정리하면서 오늘 하루를 독서와 학보를 보며 마음의 생각을 정리한다.

내일을 위한 도약을 위해 호랑이 같은 용기와 독수리 같은 예리한 눈으로 현실을 직시하며 내일의 계획을 실천하는 자가 되자.

늘 '언행일치'하는 생각으로 매일매일 실천하고 잘못한 것은 시정하며 희망의 등불을 켜기 위해 밝은 마음, 밝은 표정으로 둥글둥글하게 살아가세. 지구는 둥글다. 고로 나의 마음도 둥글다. 모나지 않게 살아가세.

선배님과의
대화

'대화', 서로 마주하여 이야기를 주고받음.

나에게 있어서 대화는 배움이요. 활력을 불어넣어 준다. 격려와 충고, 정보를 제공받는다.

'타산지석', 다른 사람의 하찮은 언행 또는 허물과 실패까지도 자신을 수양하는 데 도움이 된다는 말이 있듯이 가벼운 말 한마디라고 소홀히 할 수 없는 선배님과의 대화에서 많은 것을 들을 수 있는 귀와 볼 수 있는 눈을 가지고 하루하루를 감사한 마음으로 생활을 하자.

외솔길
따라

사람은 누구에게나 나만의 시간을 가지기를 원한다. 그러하듯 때론 여유 있는 자유인이 된 양 홀로 외솔길을 걸으며 나의 지나온 길을 되돌아보며 잘못한 것은 반성하며 바른길로 갈 수 있도록 하자.

때로는 가파른 언덕길도 있고, 때로는 내리막길도 있듯이 한평생 살아가면서 오르고, 내려오고를 반복하면서 살아가게 된다.

누구에게나 쉬운 길로만 가는 사람은 없다. 어려운 언덕길을 잘 슬기롭게 인내하며 극복하여 큰 결실을 얻듯이 모든 일에 감사하며 살아가자.

현충일

나는 항상 한국방송통신대학교를 가기 위해 동작역(현충원 앞)에서 매일 오가며 생활한다. 나는 국립묘지를 바라보면서 항상 엄숙한 마음으로 바라보며 그분들의 고귀한 희생이 있었기에 오늘 내가 이 세상에서 잘 먹고 잘 살아가고 있구나 하는 고마운 마음을 가지게 된다. 특별히 오늘 제32회(1987년) 현충일이기에 더욱 감사함을 다시금 생각하게 한다.

나는 항상 조국을 위해 몸 바친 호국 영령들의 영혼을 받들어 결코 부끄럽지 않은 국가와 민족을 위해 열심히 일하는 사람이 되고자 다시 한번 다짐해 본다. 순국선열들의 고귀한 희생정신이 더욱 빛이 나는 오늘!

감사와 기쁨과 즐거움을

> "감사함으로 그의 문에 들어가며 찬송함으로 그의 궁정에 들어가서 그에게 감사하며 그의 이름을 송축할지어다."(시 100:4)

나라마다 감사.

지역마다 감사.

가정마다 감사.

감사의 꽃이 피어오를 때 이 얼마나 기쁘지 아니한가?

국가에 대한 감사, 스승에 대한 감사, 부모님에 대한 감사, 내 이웃에 대한 감사….

감사에 대한 마음이 충만할 때 기쁨의 꽃, 즐거움의 꽃이 핀다.

감사한 마음이 충만할 때 우리나라 정치, 경제, 문화 모든 일들이 발전하고 보다 살기 좋은 부강한 나라가 되는 것이다.

감사한 가운데 믿음, 신뢰하는 마음이 생긴다.
서로 감사한 마음으로 늘 대화하며 생활하자.
밝은 정치, 감사한 마음으로 대화를 풀어 보자.

삶의 지혜

좋은 사람과 만남은 배움이요. 깨달음이요. 정신적 각성제다.

모든 문제를 과학적으로 보고 실천하는 것이 기초가 되고 출발점이다.

건강을 잃으면 모든 것을 잃듯이 항상 규칙적인 운동과 생활습관을 오늘 하루하루를 최선을 다하여 밝은 내일을 설계하며 실천하자.

확고부동한
나의 인생의 길

석가는 설산에서, 예수님은 황야에서, 어떤 철학 교수님은 기철학을, 양심선언(김용옥 전 고려대학교 교수), 여타의 모든 사람들도 자기만의 길을 가기 위해.

어떤 이는 논밭에서

어떤 이는 강당에서

어떤 이는 교회에서

어떤 이는 법당에서

어떤 이는 차 안에서

어떤 이는 공사장에서

어떤 이는 부두에서

어떤 이는 산에서

어떤 이는 하늘에서

어떤 이는 물속에서

어떤 이는 전선에서(경계근무)….

모두 하는 일은 다르지만 그들 또한 자기만의 일을 위해 맡은 자리에서 최선을 다하며 살듯이 나 또한 그렇게 살련다.

사람들은 자기 자신의 인생의 길을 위해 걷고, 뛰고, 달리고, 날으는 새처럼… 인생의 방향을 되돌아보곤 한다.

김국권 선생님, 이효원 교수님께 다시 한번 고마운 마음을 전하고 싶다.

만년 아니, 불멸의 나무, 최고의 나무가 되기 위해 자기 자신의 환경을 탓하지 말고 환경에 적응하면서 무럭무럭 자라는 나무처럼 모든 사람에게 희망을 주고, 꺼지지 않는 반딧불처럼 빛내리라.

철저한
계획

무엇보다 중요한 것은 철저한 계획이다.

축구에서 철저한 실전 훈련과 작전이.

프로야구에서 마찬가지이다.

사전 준비된 계획 아래 실천하는 사람은 반드시 큰 뜻을 이룬다.

모든 사람이 자기의 뜻한 바를 이루기 위해 자기만의 사전 계획과 실천이 필요하다. 아무리 좋은 계획이라도 실천하지 않으면 아무런 결실이 없다.

실천인이 되자.

비결

목적지에 도달할 수 있는 비결, 승리하는 비결, 사람마다 각 개인이 살아가는 비결이 있게 마련이다.

그 비결을 찾아가기 위해 노력하는 것이 또한 인간인가 보다. 너, 나, 모두 그 비결은 오늘도, 내일도….

그 비결은 첫 번째는 역시 건강한 정신력, 둘째는 근면함이 아닌가 생각한다. 셋째는 실천하는 능동인….

자! 슬기롭고 지혜로운 삶을 위해 더욱더 노력하자.

최고의 비결은 노력….

비중

우리가 살아가면서 어디에 얼마만큼의 비중을 주며 살아가는지? 공부와 시험공부와 학교, 시험 중요도에 따라 주워진 시간을 경제적이고 실속 있고 효과적으로 공부하는 데 활용해야 한다. 평생교육을 위해 항상 책을 읽으며 겸손한 마음으로 배움에 임하자.

학문 연구에 늘 매진하면서 배움의 끈을 놓지 말고, 많은 책을 읽으면서 견문을 넓혀 세상의 큰 안목을 가지고 바라볼 수 있는 능력을 기르자. 독서는 나의 정신이다.

모든 사람에게 감사와 기쁨과 즐거움을 위해 기도하자

나와 새벽 별과의 만남같이.

매일 새로 날 주님과의 만남같이.

모든 사람의 만남이 늘 새롭듯이

변하지 않는 우리의 마음의 변화.

고정관념을 깨고, 늘 새로운 변화에 능동적으로 변화하며 적응하자.

朋友有信

친구 사이의 도리는 믿음이 있다는 뜻.

오세기 친구는 공수부대에서 송영찬 친구는 9사단 백마부에서 군대 생활을 하고, 김춘기는 학사 장교로 입교하여 장교 교육을 마치고 홍천에서 군대 생활했다. 서로 적은 시간이나마 군대 생활이며 학창 시절 친구들의 이야기꽃을 피웠다.

친구들과의 만남은 기쁨이요.

친구들과의 만남은 즐거움이요.

친구들과의 만남은 배움이요.

친구들과의 허심탄회한 대화를 통해 오늘과 내일을 이야기하며 즐거운 시간을 보낸다.

친구들의 의젓하고, 대견한 모습들이 감사할 따름이다.

친구들에게 따뜻한 밥 한 끼, 술대접도 제대로 하지 못했다. 나는 누나네 집에서 학교를 다니고 공부하는 시기여서 용돈이 제대로 있지 않았기 때문이다. 친구들에게 미안한 마음이 한구석에…. 친구들의 무사고를 빌며 제대하기를 바라며….

나는 홀로 걷고, 홀로 서는 자세, 그리고 많은 책을 읽고 겸손한 사람, 식견이 풍부한 사람이 되려고 노력한다.

約束

약속은 장래의 일을 상대방과 미리 정하여 어기지 않을 것을 다짐함이라는 뜻이다.

그러나 우리는 약속을 하고 그 약속을 지키지 않는 경우가 종종 생긴다. 사람과 사람의 관계에서는 약속이 얼마나 중요한 것인지 알게 된다.

약속 잘 지키는 사람은 그만큼 신뢰하게 된다. 약속을 잘 지키는 사람은 신용이 있는 사람이라 칭송한다. 우리가 세상을 살아가는 것이 관계의 연속에서 약속의 연속이 아닌가 생각해 보곤 한다. 앞으로의 일을 생각하는 것이 얼마나 어려운 것인지 인식하게 된다.

과거나 현재에 살아가는 우리는 약속이 곧 생명이 아니겠는가?

10%
부족하다

사람은 누구나 만족함이 없듯이 항상 부족하다는 겸손한 마음으로 그 부족함을 하루하루 기쁨 마음으로 채워 나가자.

한 그루의 나무가 세월이 흘러 큰 거목이 되듯이 늘 성장하는 자세로 살아가자.

한 사람이 사랑하는 남편, 아내를 맞이하여 사랑으로 서로의 부족함을 채워 가듯이 하루하루를 부족함을 사랑으로 채워 나가세.

고귀한
삶을 살자

누구보다 나은 생활을 위해 보다 나은 삶을 위해 노력하며 매일매일을 살아간다.

천금 같은 시간을 아끼며 뼈를 깎는 아픔을 참으며 고귀한 삶을 위해~~.

오늘의 편안함을 생각지 말고, 오늘의 고통으로 내일의 즐거움을 위하여 불철주야 노력하는 젊은 생을 면학에 전념하자.

항상 모든 사람에게 감사와 기쁨과 즐거움을 위해 전철과 같이 끝없이 전진하자.

心
(마음)

> “모든 지킬 만한 것 중에 더욱 네 마음을 지키라 생명의 근원이 이에서 남이니라.”(잠 4:23)

모든 일은 사람의 마음으로부터 시작된다.

사랑하는 마음, 무엇인가를 시작하고자 하는 마음, 배우고자 하는 마음, 무슨 일에 심취하고자 하는 마음, 선을 행하고자 하는 마음, 늘 선한 마음으로 만사 모든 일에 최선을 다하는 마음, 다른 사람보다 몇십 배 노력하는 마음으로 내일의 밝은 소망을 꿈꾸며 그 꿈을 실현하자.

‘붉은 태양과 같이 뜨거운 마음으로 행하자.’

타인과의 대화

타인과의 대화 그것은 바로 배움이요 반성이다.

주고받는 대화 속에 他山之石이란 말이 있듯이 나에게는 큰 변화가 있을지 모른다.

연인과 연인과의 따뜻한 다정다감한 달콤한 이야기.

모든 대화는 상대방이 있어 일방적이지 않고 서로 주고받는….

서로가 서로를 존경하고 겸허한 자세로 말하며 경청하는 대화의 바른 자세가 필요하다.

메모하는
습관을 갖자

이상옥 형님과는 방송대 도서관에서 매일 공부하며 만나는 친형과 같은 사이가 됐다.

허혁 형님은 이 형의 소개로 만나게 된 역시 친형과 같은 사이다.

모두가 나에게는 친형과 같이 조언을 해 주시는 좋은 분들이다.

나는 항상 모든 사람에게 감사와 기쁨과 즐거움을 나의 마음 속에 되새기며 하루하루를 최선을 다하며 살아간다.

허 형은 항상 수첩에 늘 메모하는 좋은 습관이 있다.

지금도 두 분은 종종 전화를 하는 의형님들이시다.

별처럼

사람은 신(神)이 아니기 때문에 누구나 작은 실수를 하게 된다.

그러므로 사람은 별처럼 청청수와 같은 맑고, 깨끗한 마음으로 살아가려고 노력한다.

모든 일에는 순서와 질서가 있다. 사공이 많으면 배가 산으로 간다는 말이 있듯이….

서로 용서하고 화합하고 너그러운 마음과 인내 그리고 대화를 통해서 물 흐르는 대로 모든 문제를 하나하나 해결하자.

부끄럼 없는
삶을 위해

한 점 하늘에 부끄럼 없는 일을 하자.

치사하게 살지는 말자.

죄 받을 일도 하지 말자.

새벽 별과 같은 청명함을 주듯이 더욱 빛을 발하는… 깨끗함을 발하는 마음으로 매일매일 살아가자.

더 높은 곳을
향하여

"…너희 자녀들이 장래 일을 말할 것이며 너희 늙은이는 꿈을 꾸며 너희 젊은이는 이상을 볼 것이며."(욜 2:28)

사람이 태어나 한평생을 살아가면서 길다고 생각하면 길고, 짧다고 생각하면 짧은 것이 인생이다.

자녀들에게는 예언함을, 젊은이들에게는 환상을, 늙은이에게는 꿈을 꾸게 하리라.

내일의 꿈과 소망을 위해 젊음을 도서관에서 책과 씨름하면서 더 높은 곳을 향하여 오늘도 내일도 책과 씨름하면서 모든 것을 잊고 몰입하자.

첫 단추를 잘 끼우는 마음으로

"사람이 마음으로 자기의 길을 계획할지라도 그의 걸음을 인도하시는 이는 여호와시니라."(잠 16:9)

로마가 하루아침에 이루어진 것이 아닌 것처럼 자기 인생을 개척하는 데도 많은 시간이 걸리게 마련이다.

사람이 마음으로 자기 길을 계획할지라도 그의 길을 인도하시는 이는 하나님이시라. 자기 삶을 개척하는 것은 한 걸음 한 걸음 오늘도 내일도 쉼 없이 나아가는 것이다. 첫 단추를 잘못 끼우면 다시 끼우듯… 지금 시간이 걸릴지라도 다시 한번 또 점검하면서 시작하자.

대화

사람과 사람과의 서로의 대화를 통해서 서로를 향한 위로와 격려를 통해서 서로 의지하며, 배우며 살아가는 것이 아니겠는가? 나의 부족한 점을 재발견하고 상대방의 좋은 점을 통해 배우게 된다. 매사 하루를 최선의 노력을 통해 젊음을 허비하지 말고 보람 있게 살아가자.

의론

어려운 문제를 해결하는 첩경은 다른 사람하고 의론하는 것이다.

지혜란 이치를 빨리 깨우치고 사물을 정확하게 처리하는 정신적 능력이다. 좋은 사람이 많다는 것은 그 사람에게는 큰 자산이다. 사람과 사람과의 좋은 관계를 맺는다는 것은 쉬운 것 같으면서 결코 쉬운 일이 아니다.

나를
알자

> "아무 일에든지 다툼이나 허영으로 하지 말고 오직 겸손한 마음으로 각각 자기보다 남을 낫게 여기고."(빌 2:3)

항상 배우는 자세, 많은 말을 하는 입보다는 들을 수 있는 귀, 생각하는 머리, 사물을 바라보는 예리한 눈, 건강한 마음, 건강한 육체, 건강한 정신, 발전적인 생각, 비관적인 생각보다는 낙관적인 생활을 하자. 나 자신을 매일 재발견하자.

배움의
즐거움

배우고 배우고 또 배우자. 배우는 것은 얼마나 즐거운 일이냐.

배움보다 더 즐거움이 또 있을까?

배움이라는 것은 겸허한 것.

우리는 신이 아닌 이상 완벽할 수 없다. 따라서 항상 배우는 자세가 필요하다. 박사도 마찬가지로 자기가 모든 것을 완벽하게 아는 것 같지만 다른 분야에선 더 모르는 것처럼.

자연재해

엄청난 비 피해. 충남 지방을 강타한 비가 끝나는가 했더니 다시 서울, 경기에서 250~350mm 비가 내리면서 인천과 서울 곳곳에서 가옥이 침수되어 인명 피해가 늘어나고 있고, 전철이 침수되면서 출근 시간에 큰 교통 혼란을 겪고 있다.

세계 곳곳에서도 동구에서는 한서 피해가 일고, 지구촌이 기상 피해가 극심하다. 자연이 인간에 대한 보복이나 하듯 비와 한서 피해가 늘고 있다.

세계는 더 이상의 자연을 파괴하지 말아야 하겠다. 그렇지 않으면 기상재해로 인해 지구가 사라질지도 모른다. 이를 막기 위한 인간의 무한한 능력을 발휘해야 하겠다.

교회 공동체를 통해서 서로 협력하면 아무리 어려운도 일도 쉽게 하기 마련이다

> "우리가 알거니와 하나님을 사랑하는 자 곧 그의 뜻대로 부르심을 입은 자들에게는 모든 것이 합력하여 선을 이루느니라."(롬 8:28)

올 여름은 무려 장마 기간이 무려 54일 지속되면서 그 어느 해보다 비가 많이 내리고, 직간접 태풍이 4~5개 지나갔다.

올 청지기 사업에서 교회 식당 옆의 여자분들이 주방일을 하다가 화장실을 가려면 멀어서 다소 어려움이 있었다.

그래서 청지기에서 교회 식장 옆에 여자화장실과 세면대 설치를 위해 봄부터 약 200평에 고구마 심기 사업을 실시하였다. 고구마 순은 일곱 농가에서 첫 순부터 삼 순을 가지고 돈을 주지 않고 한 푼이라도 덜 들여 무더위에 땀과 많은 사람들의 노력으로 열심히 정성을 다하여 가꾸었다.

고구마 순 제거, 고구마 경운 작업, 고구마 캐기, 고구마 박스에 대, 중, 소로 담아서 팔기…. 목사님을 비롯한 온 교회의 교우들의 적극적인 참여와 협조로 최소의 비용으로 최대의 효과를 올릴 수 있었다. 전년도보다는 다소 적었지만 약 10kg, 90박스의 수확을 했다. 모두가 하나님의 은혜다.

우리나라 지도 모양 고구마도 수확했다.

길이 있어도 보지 못하면 보이지 않고,
길이 없어도 보면 보인다

석문면사무소에서 석문농협까지 약 100미터의 지방도로가 있다.

많은 사람들이 석문면에 근무하면서 차도는 있어도 인도가 없는 것이 무척이나 아쉬움이 있었을 것이다.

올해 하반기 인사에 토목기사가 새로 발령받았다.

거의 모든 기사님들이 열심히 잘했지만, 이번 토목기사 주무관은 쉬운 것 같으면서 어려운 일을 잘해 줘서 얼마나 감사한지 모르겠다. 그간 거리가 약 100미터의 거리지만 면에서 농협까지 차도는 있지만 인도가 없었는데…. 길이 있어도 보지 못하면 보이지 않고, 길이 없어도 보면 보인다. 세상에 사람이 먼저지 차가 먼저인가?

무슨 일을 하든 긍정의 마인드를 가지고 일을 하려고 노력하면 좋은 결과가 나올 수 있다. 쉬운 것 같으면서 어렵고, 어려운 것 같으면서 쉬운 것이 있다.

각종 전주, 옛날부터 있던 주택…. 그러나 박성환 주무관(토목기사)과 배성수 통정1리 새마을 지도자(지역사업자)의 땀과 수고로 잘 진행되고, 잘 완성되어 얼마나 고마운지 모르겠다. 묵묵히 기다려 주고 격려하면서 수고해 주신 면장님과 모든 분들에게 감사를 드립니다.

문제가 있으면
책을 통해서 답을 찾자

대학원 석사 과정을 마치고, 또 한 번의 고민에 빠지게 되었다.

세 자녀의 가장으로 두 딸은 대학, 막내는 중학교….

고민 속에 당진서점에서 책권이 내 눈에 들어왔다.

『실행이 답이다』 이민규 지음.

이 책 한 권을 통해서 마지막 관문인 대학원 박사 과정을 이수하기로 결정했다.

아무리 좋은 계획도 실천하지 않으면, 좋은 결과든 나쁜 결과든 성과물이 없듯이 실천하지 않으면 아무런 결과물이 나올 수 없다.

늘 하루에 한 가지씩 책을 읽고, 듣고, 행하고, 암송하고, 연구하는 자세로 살아가자. 그 결과 어려운 가운데 결정하여 등록하고 연구에 매진한 결과 논문을 완결하여 최종 통과를 마쳤다. 모두가 하나님의 은혜이다.

남의 일을 자기 일과 같이 대하고 처리하자

"무슨 일을 하든지 마음을 다하여 주께 하듯 하고 사람에게 하듯 하지 말라."(골 3:23)

어떤 사람은 무슨 일이든 정성을 대하여 처리하는 이가 있는가 하면, 어떤 사람은 자기의 일을 남 일 하듯 하는 사람도 있다. 대부분은 전자이지만 후자는 종종 있을 따름이다.

한 지인은 상대방의 말을 잘 듣고 그 일이 해결될 때까지 묻고, 묻고 또 물어서 그 일을 자기 일과 같이 해결될 때까지 처리하여 상대방에게 믿음과 신뢰를 주며 살아간다. 이 얼마나 아름다운 모습인가?

적극적인 방법을 통해서 민원인을 친부모와 형제같이 대하는 모습은 다시 한번 그분을 생각하게 한다.

거미줄 같은 세상

거미는 본능적으로 거미줄을 처서 먹이를 잡아먹는다.

사람도 마찬가지로 자기 스스로 자기의 일을 위해 어떤 이는 학문 연구에, 예술인, 체육인, 의사, 변호사, 기업인, 언론인 모두에 자기의 삶을 위해 하루하루 자기의 일에 최선을 다하고 있다. 세상에 살아가는 사람들의 일은 서로가 다르지만 우리는 이 세상을 살아가는 데 필요한 요소들이다. 한 사람이 많은 일을 한다는 것은 한계가 있다. 그래서 각자 맡은 일에 최선을 다한다. 몇 %가 안 되는 사람이 각 분야에 전문가가 있듯이… 모든 일이 자기만의 일이 아니라 거미줄 같은 세상…. 인간 사회에는 질서가 있기에 오늘도 변함없이 시간이 흐른다.

사회는 질서와 법칙이 흐르면서 새로운 세상이 다가온다.

인생은
장기인가?

평상시와 다름없이 도서관에서 점심을 마치고 4층 휴게실에서 뒤늦게 장기를 두는 사람이 있어 뒤에서 구경을 하다가 옛적에 장기를 둔 경험이 있어서 낯선 사람과 장기를 두게 되었는데 한 사람과는 1:1로 무승부로 끝나고, 다른 사람과는 2:0으로 가볍게 승리했다.

좁은 장기판에서의 승부는 정정당당하게 승부를 가리게 된다.

장기판에서 느끼는 점은 우리가 살아가는 한 일생의 축소판처럼 모든 사람들도 한 사회의 법칙이 있듯이 만사 일이 잘 풀려서 승리하기도 하고, 패하기도 한다. 승리하고 패하는 것이 중요한 것이 아니라 지혜롭게 패하면 패배의 원인을 찾아 승리할 수 있는 길을 모색하고, 승리하면 더 잘할 수 있는 방법을 모색하는 일이 중요하지 않은가 생각해 본다.

나의 올바른
가치관 확립을 위해

많은 좋은 책과 폭넓은 위인들의 아름다운 삶을 통해서 직간접 만남과 대화를 통해 좋은 말씀은 메모하여 실천하고, 나의 마음을 풍요롭고 올바르게 성장할 수 있도록 다시 한번 다짐하고 다짐해 본다.

무더운 여름을
시원하게

폭염을 이기고 시원하게 보내는 방법은 사람마다 제각각이다.

어떤 이는 해수욕장에서 시원한 물과 파도와 함께--.

어떤 이는 높은 산에서 시원한 바람을 통해서--.

어떤 이는 깊은 산골짜기 깊은 물에서--.

어떤 이는 도서관에서 독서를 하면서--.

어떤 이는 수해 지역에서 봉사를 통해서--.

어떤 이는 농촌에서 농사일을 하면서--.

각자가 맡아 하는 일은 서로가 다르지만, 모든 직장에서 일을 하면서 더위를 이기며 나와 국가를 위해 수고하신다.

모두가 어디에서 무슨 일을 하든지 자기가 있는 곳에서 자기 일에 미치는 것, 바로 이것이 무더운 폭염을 이기는 최고의 피서가 아닌가 생각해 본다.

부끄럼 없이 살아가세

서로 미워하지 말고, 서로 증오하지 말고, 서로 사랑하는 마음, 감사하는 마음으로 살아가자.

"한 송이의 국화꽃을 피우기 위해 봄부터 소쩍새는 그렇게 울었나보다"라는 서정주 시인의 「국화 옆에서」처럼 한 송이의 꽃을 피우기 위해 정성을 다해 가꾸는 마음으로 살아가세.

사람을 보면 먼저 인사하며, 웃는 얼굴로 대하면서 살아가세.

부족한 것을 늘 배우며, 연구하는 자세로 살아가세.

늘 계획하고, 실천하며, 감사한 마음을 가지며, 과언하지 않으며 살아가세.

모든 사람에게
항상 고마운 마음을 가지자

싸운다는 것은 외로운 것이다.

이긴다는 것은 힘든 일이다.

진다는 것은 슬픈 일이다.

승리에는 수치와 고통과 비애가 따른다.

이겨야 한다. 이기려면 힘을 길어야 한다.

우리는 패배에 신음하는 약자가 되지 않아야 한다.

인생의 마지막 싸움이 있다.

그것은 내가 나가고 싸우는 것이다.

깨끗한
몸과 마음

우리는 일상생활을 하면서 아침에 일어나 세수하고, 때로는 목욕을 하게 된다. 매일매일 반복된 일이지만 때로는 쉽게 때로는 어렵게 느껴질 때가 있기 마련이다. 그러나 하루하루 '무슨 일을 어떻게 슬기롭게 처리하면 좋을까?' 생각할 때가 종종 있기 마련이다.

오늘 어떻게 하면 좋은 마음가짐을 가지고 지혜롭게 일을 처리할까?

고민을 한번 해 본다.

누구에게나 하루 24시간은 동일하다. 그러나 그 시간을 누가, 얼마나 잘 활용하느냐가 성공을 빨리 할 수 있냐, 늦게 할 수 있냐를 가름한다.

평생교육

學習은 배우고 익히는 것. 새로운 것을 배우는 것이 學이요. 習은 이미 알고 있는 것을 반복하는 것. 경험을 지속적으로 반복해서 익히는 것이다. 배워서 익힘이다.

요즘 세상은 정보화 시대, 다변화의 시대이다.

급속하게 빠르게 변화하는 시대에 적응하기 위해서는 매일 매일 하루의 일정을 기록하고 정리해서 자기에게 맞는 방법을 통해서 향상 발전시켜야 한다.

여행은
쉼과 배움

우리는 매년 여행을 가기 마련이다.

초등학교 동창회, 중학교 동창회, 고등학교 동창회, 대학교 동창회, 마을 상조회 등등 각종 모임에서 매년 계획을 해서 여행을 가게 된다.

여행은 남녀노소를 막론하고 누구에게나 설레기도 하고, 자연의 아름다운 풍경을 바라보면서 시인이 되기도 하고, 소설가가 되기도 한다.

사계절이 뚜렷한 우리나라의 계절의 변화는 더욱 그 아름다움을 자아낸다.

바위틈에서 자란 각종 나무들은 우리들에게 강한 생명력과 아름다움을 있는 그대로 작태를 자랑한다.

여행은 우리에게 힐링도 되지만, 여행은 곧 자연에서 보고 느끼는 배움이기도 하다.

술친구

술은 우리에게 약이 되기도 하지만, 과음은 우리에게 독이 되기도 한다.

적당한 술은 서로에게 좋은 대화를 통해 서로 서로를 이해하고, 공감하면서 생산적인 일을 하는 데 도움이 되기도 하고, 적당한 술은 우리 몸에 좋은 약술이 되기도 한다.

그러나 과음은 자기 몸에 해가 될 뿐 아니라 남에게 큰 피해를 주기도 하고 사망사고에 이르기도 한다.

적당한 술은 기계로 이야기하면 윤활유의 역할을 한다.

기계는 적당한 윤활유가 잘 흐르면 마찰과 마모를 방지하고, 기계의 연장에 도움을 준다.

사람에게 적당한 술은 서로 마음의 문을 열고 허심탄회하게 이야기하며 서로가 서로에게 도움 주고 한마음이 되는 데 도움을 준다.

첫
직장

누구에게나 직업 선택의 자유가 있다.

그만큼 첫 직장의 선택이 중요하다.

나는 초등학교 3학년 때 박종서 선생님께서 미래에 무엇을 할 것인가 작성하여 제출하라 하셔서 그 당시 어린 마음에 공무원이 무슨 일을 하는지도 모르고 공무원이 되겠다고 제출했다.

그래서 그런지 요즘에는 어릴 적 꿈이 커야 성인이 되어서도 꿈을 크게 가질 수 있구나 하는 생각을 해 보게 된다.

"꿈은 이루어진다."라는 말이 있듯이 누구나 꿈을 먹고 자라기 때문이다.

그래서 그런지 공무원이 되어서 첫 출근을 하게 되었다. 모든 것이 미숙하지만 선배님의 가르침과 나의 노력으로 가능하면 먼저 출근하고, 인사를 잘하자는 생각으로 첫 직장, 첫 출근 고대면사무소에 근무하게 되었다.

매년 월 초와 6월 말에 인사이동이 있어서 처음에는 정들만

하면 동료들과 헤어져서 아쉬웠지만 이제는 會者定離 去者必返 말해 주듯이 또 만나는 일이 있어서 자연스럽게 받아들이게 되었다.

영원한 직장과 영원한 관계를 가질 수 없듯이 말이다.

이제는 공무원이 되었으니까 국가와 지역사회 가정에서 모범이 되는 생활을 하자라는 마음가짐을 가지고 하루하루를 최선의 노력을 다하자.

배우고 깨닫는 것은 젊어지는 것

"…그가 죽었으나 그 믿음으로써 지금도 말하느니라."(히 11:4)

하루하루를 살아가는 것이 배우는 것이 아닌가 하는 생각을 가지게 된다. 매년 새해가 되면 계획하고 새로운 일을 시작하기 마련이다.

꼭 계획한 대로 이루어지지는 않지만….

그래도 계획을 세우는 것이 아무런 계획을 세우지 않는 것보다 훨씬 좋다.

우리가 사는 것은 계획의 연속이다. 계획한 일들을 하다 보면 그것이 쌓여서 한 나라의 역사를 남기듯, 한 개인도 한 해 한 해가 쌓여서 그 사람의 일대기를 남기게 된다. 호사유피 인사유명이란 말이 있듯이 호랑이는 죽어서 가죽을 남기지만 사람은 죽어서 이름을 남긴다.

저는 죽어도 한 권의 책을 남기는 사람이 되고자 오늘도 내 일도 쓰고, 지우고 또 쓰는 생활을 한다.

그러기 위해서 매일매일 배우고 또 배우고 깨닫는 것이 젊게 사는 비결이기도 하다.

말과
책임

> “자녀들아 우리가 말과 혀로만 사랑하지 말고 행함과 진실함으로 하자.”(요일 3:18)

언행일치하는 생활을 습관화하자.

모든 일에 믿음과 신뢰는 말한 바를 바로 실천하는 사람은 어느 곳에서 환영을 받는다. 우리가 살아가면서 가정에서는 부부간의 믿음과 신뢰가 중요하듯, 자녀에게도 또한 중요하다. 학교에서도, 직장에서도, 정치인들에게 그 어느 때보다도 더욱 중요시된다.

특별히 공직 생활에서는 더욱더 중요하다. 공직자에게 믿음과 정직, 신뢰는 시민들에게 신임을 얻을 수 있는 지름길이다.

말에는 항상 책임이 뒤따른다는 생각을 잊지 말고 조심하고 또 조심하자.

즐거운
생활

하루 일과를 시작하면서 자기 맡은 일에 열과 성의를 다하는 사람이야말로 즐거운 생활을 하는 사람이라고 생각한다. 천직이란 말은 타고난 직업이나 직분을 말하고 있다. 한 평생을 배우로서, 공직으로, 한 직분, 기술직 천직으로 삼고 각자의 자리에서 일하는 것들이 오늘 우리가 살아가는 세상이 아니겠는가?

겨울철에도 백송처럼 푸른 기지를 가지고 있듯이 우리도 어떤 어려움이 있어도 결기를 가지고 버티고 이겨 내는 강인한 정신력을 가지고 진실을 위해 일하고 늘 배우며 하루하루 일에 즐거운 생활을 하자.

감골 행복
꽃사슴 농장

나는 학생들에게 장학사업을 하기 위해 꽃사슴 농장을 준비 사양해서 장학사업하고자 마음을 가졌다.

그런데 마침 시청에 근무하며 우리 과에 찾아온 정미면 쌀전업농회장인 정혁모 님께서 방문했다. 그런데 이런저런 대화를 하던 중 회장님 댁 사슴에 대해 이야기를 하면서 혹시 사슴을 매매할 수 있느냐 말씀드렸더니 마침 사슴을 정리하려고 한다고 하셨다. 그래서 내가 마침 꽃사슴 3마리를 인도했다. 수사슴 1마리, 암사슴 2마리다.

인수하기 전 중고 철매매상에게 철망과 큰 철파이프, 친구에게서 작은 철파이프를 구입. 사육장을 짓기 시작하여 약 1주일 만에 완료하였다.

생각보다 순조롭게 진행되었다.

이제 사육을 위한 사육비를 최소화하기 위해 1톤 트럭을 마련하여 새벽기도 후 하천 주변의 뽕나무를 베어서 뽕나무를 우리에 던져 먹이로 주게 되었다. 얼마나 맛있게 먹는지 그 모습이 보기에 아주 좋았다.

사슴뿔을 위해 당진축협에서 사료를 구입하여 주기도 했는데 맛있는 뽕나무를 먹다 보니까 생각보다 사료를 잘 먹지 않았다.

그러나 차차 뽕나무를 덜 주고 하니까 사료를 먹기 시작했다.

나는 아침형 인간이라 그다지 어려운 일이 아니었고, 지역 하천에 자란 뽕나무도 제거해서 마을 하천도 깨끗해지고, 사슴에게도 좋고 일거양득이었다.

토요일 아침에 일주일 동안 깨끗하게 먹고 남은 뽕나무를 우리 밖으로 던져 소각장에서 태워 버리고, 다시 반복하면서 장학사업을 위해서 열과 성의를 다해서 꽃사슴을 사육하였다. 첫해 꽃사슴 뿔은 그동안 나를 위해 수고해 주신 형수님, 매형, 누님들을 위해 보약으로 사용했다.

아내와 두 딸이 건강진단을 받았다. 그 결과 아내에게만 악성 위암 판정을 받았다. 급히 서울아산병원에 입원하여 수술을 무사히 마치게 되었다. 모두가 하나님의 은혜 가운데 부작용도 없이 잘되어 퇴원하게 되었다. 퇴원 후 꽃사슴 냄새와 우는 소리 때문에 이웃에게 피해가 있으니 정리했으면 하는 이야기가 있어서 나의 고심 끝에 장학사업을 접기로 하였다. 장학사업도 중요하지만 사랑하는 아내의 생명이 더 소중하기 때문이다. 장학사업은 꽃사슴 사육이 아니더라도 돈이 있으면 언제든 가능하다.

책상
선물

어느 날 고등학교 홍선기 담임 선생님으로부터 전화가 왔다.

반가운 마음으로 전화를 받고 인사를 드렸다.

구정과 추석 명절이면 종종 찾아뵙기는 했지만 요즈음은 전화 드리지 못해 죄송할 따름이었다.

선생님 집으로 방문하라는 말씀이었다.

나는 선생님 댁으로 가면서 무슨 일 때문인가 생각하면서 옛 고등학교 3학년 때 대입 지원 관련 상담하시면서 바쁜 나날들을 뒤돌아보게 되었다. 우리는 만족하지 않았지만 모든 선생님들의 수고와 노력으로 여기까지 온 것은 모두가 선생님들의 수고가 아니겠는가….

선생님 댁에 도착했는데 선생님께서 손수 만드신 작은 책상과 해나루 시민학교 학교장을 받으시면서 학생을 위해 가르치시던 노트를 선물 받았다.

내가 약 35년간의 공무원 생활을 마무리하면서 책을 집필한다고 말씀드렸더니 은사님께서 정성을 다하여 만드신 책상과 노트를 주신 것이다.

내 평생 얼마나 고맙고 감사했던지 그날을 평생 잊을 수가 없다.

이수 전 농산과장님 (2020.9.16.)

> "오직 여호와를 앙망하는 자는 새 힘을 얻으리니 독수리가 날개치며 올라감 같을 것이요 달음박질하여도 곤비치 아니하겠고 걸어가도 피곤하지 아니하리로다."(사 40:31)

한 달 이전에 석문면보건소에 근무하는 이병순 소장님을 통해 평소 존경했던 이수 과장님 소식을 들을 수 있었다. 작은 아버지이신 과장은 서울대병원에서 폐암 수술 이후 서울대병원(혜화동)에 입원한 사실을 알게 되었다. 하지만 코로나19로 병문안이 불가하여 올 추석에는 어떻게 할까 걱정도 했는데… 오늘 며칠 전에 서산의료원에 오셨다는 말씀을 듣고 오후 점심을 일찍 먹은 후 입원하고 계신 서산의료원에 계신 과장님을 사모님(원 여사님)을 통해 찾아뵐 수가 있었다. 암세포가 몸에 많이 퍼져서 치료가 불가하다는 의료진의 결과로 서산의료원에 오시게 되었다는 것이다. 과장님을 뵙는 순간 많은 생각이 들었다. 평소 근면하시고 건강하시던 분이 이렇게 빨리 아프시다니….

나는 평소 존경했던 과장님을 정년 후 설과, 추석에 한 번씩 찾아뵙는데….

만나시면 반가운 미소를 지으시던 과장님이시었는데….

말씀도 못 하시고, 눈도 뜨지 못하시고, 호흡기를 통해 숨을 몰아쉬는 모습…. 나의 마음은 무척 무거웠다.

나는 잠시 눈을 감고 기도하기를 "오직 여호와를 앙망하는 자는 새 힘을 얻으리니 독수리가 날개치며 올라감 같을 것이요 달음박질하여도 곤비치 아니하겠고 걸어가도 피곤하지 아니하리로다."라는 하나님 말씀을 상기하면서 '여호와라파 치료하시는 하나님 도와주시옵소서….'라고 기도했다. 오늘 오후에 비 내리는 모습이 나의 마음이었을까?

사람은 약한 존재이기 때문에 내가 할 수 있는 일은 기도밖에 없었다.

"공의를 행하시는 하나님, 구원을 베푸시기를 원하시는 하나님 도와주시옵소서!"

성경책
첫 선물

성경이란 하나님이 하신 약속의 말씀을 담은 경전이라고 한다.

성경은 구약 39권과 신약 27권, 총 66권으로 기록되어 있다.

성경이 세계 최고의 베스트셀러라고는 하지만, 믿음이 있고 없음을 떠나 한 번도 읽지 않은 사람들이 생각보다 많다.

친구들이 나이가 들어가면서 몸이 아파서 병원이나 힐링기관에 혼자 있는 일이 있다 보니까 심심하다고 해서 한번 성경책을 읽어 보라고 한 권의 성경책을 처음으로 선물하게 되었다.

> "영혼 없는 몸이 죽은 것 같이 행함이 없는 믿음은 죽은 것이니라."(약 2:14-26)

좋은 약속의 말씀이라고만 하지 실천하기는 이번이 처음이다. 그 어떤 선물보다 값진 선물이 아닌가. 다시 한번 되새기게 된다.

올해부터는 우리 교회에 전도하여 오시는 성도에게 성경을 구입하여 선물 증정하는 일을 실천하고자 다짐해 본다.

감골노년연구소/2024.1.31. 11:00 (수요일)

"…내가 너를 굳세게 하리라 참으로 너를 도와주리라 참으로 나의 의로운 오른손으로 너를 붙드리라."(사 41:10)

공로연수 중에 감골노년연구소를 개소하게 되었다. 평생의 꿈이었던 한 권의 책을 집필하고자 연구소에서 개소 예배를 드리고 목사님과 점심을 함께하게 되었다.

평생에 자기 집을 가지게 되는 것도 기쁜 일인데 한 생애를 정리하면서 한 권의 책을 집필하기 위해 연구소를 가지는 것은 더 기쁜 일이 아니겠는가?

매일 나가던 직장을 떠나는 마음은 시원함과 아쉬움이 교차하지만 평생직장이 없듯이 그래도 공무원 생활을 하였기 때문에 60세까지 다닐 수 있어서 다행이었다.

가정과 직장, 지역사회, 국가를 위해 봉사한 것이 보람이었다.

행함이 없는 믿음은 죽은 믿음이다

> "영혼 없는 몸이 죽은 것 같이 행함이 없는 믿음은 죽은 것이니라."(약 2:26)

하나님 말씀처럼 아무리 좋은 계획이라도 실천이 없으면 이루어지지 않는다. 우리가 하루하루 살아가면서 지금 이 시간 행함이 없으면 아무런 일이 일어나지 않음과 같이 실천이 최고이다. 내가 오늘도 뚜벅뚜벅 글을 쓰는 것도 정년을 앞두고 6개월 기간의 공로연수 중에 나의 살아온 삶을 뒤돌아보면서 글을 쓰며 정리하는 것도 내 개인뿐만 아니라 다른 사람에게 적게나마 도움이 되지 않을까 생각해 본다. 글을 쓰는 것은 쉬운 일은 아니다. 더욱이 한 권의 글을 쓰는 것은 그동안 마음속에 꼭 한 번 글을 쓴다고 늘 말했듯이 실천에 옮기는 것이다. 내 자신과의 약속뿐만 아니라 다른 사람과의 약속이기도 하다. 교회에서도 말해서 아내에게 한마디 듣기는 했지만 그래도 그런 것들이 오히려 내게는 촉매제가 된다. 낮에도 밤에도 여전히 실행에 옮기면 완결하는 그날까지 계속 글을 쓸 것이다. 오늘도 내일의 멋진 하루를 위해 최선을 다 할 것이다.

세상에
공짜는 없다

“스스로 속이지 말라 하나님은 업신여김을 받지 아니하시나니 사람이 무엇으로 심든지 그대로 거두리라.”(갈 6:8)

“심은 대로 거둔다.”라는 말이 있다.

봄이 되면 정성을 다하여 밭을 갈고 일구어서 씨앗을 뿌리고, 거름을 주고 잡초를 제거하고, 약제를 살포하여 때에 따라 맞는 작업을 잘해야 가을에 많은 결실이 맺는다.

시작도 중요하지만 과정도 중요하다. 무슨 일을 하든지 최선의 노력을 다하여 소기의 성과를 거두기를 모든 이들에게 권한다.

세상에 공짜는 없다.

규칙적인
운동의 중요성

우리가 살아가면서 살아 있다는 증거는 숨 쉬고 움직인다는 것이다.

말은 쉬워도 그리 쉽지 않은 일이다. 특별히 규칙적인 운동은 더욱 힘이 든다. 그래서 우리의 하루, 한 주, 한 달, 한 해를 어떻게 계획을 세우고 사는 것이 건강한 삶을 살아가는 것이 그만큼 중요함을 내포하고 있다.

우리가 눈을 뜨면 가정, 학교, 직장, 사회생활을 하기 바쁘다. 각자 자기 일에 매몰되다 보면 운동은 뒷전으로 밀리게 된다. 시간이 지나고 몸이 아파 병원으로 가기 시작하면서 규칙적인 운동의 중요성을 새삼 깨닫게 된다. “재물을 잃은 것은 조금 잃은 것이요, 건강을 잃은 것은 모든 것을 잃은 것이다.”란 말이 있듯이 건강이 그만큼 중요하다.

기록은
자기에 대한 역사다

기록 없는 역사가 없듯이, 기록 없는 자는 자기 역사가 없다.

한 나라의 역사적 기록은 매순간 기록되어져서 그것이 쌓이고 쌓여서 한 권 또는 여러 권의 역사책이 나온다. 한 개인에게도 하루하루 기록이 쌓이고 쌓여서 한 권 또는 여러 권의 책을 펴낼 수 있다.

글을 쓴다는 것은 결코 쉬운 일은 아니다. 그러나 불가능한 일은 더더욱 아니다.

글 쓰는 이들의 공통점은 매일매일 일기를 쓴다는 것이다. 하루하루의 일을 글로 작성한다는 것은 그만큼 중요한 일이다.

하루를 반성하고 더 나은 내일을 위해 전진하는 자세로, 오늘이 마지막이라는 자세로 매일 글을 작성하면서 최선을 다하자.

구순 감사예배
(황희성 원로장로님)

시곡교회 생탄 후 황희성 원로장로님 구순 감사예배는 이번이 처음이다. 가족과 지인 및 지역 주민과 함께 드리는 감사예배는 그 어떤 감사예배보다 더 은혜롭게 느껴졌다.

육 남매 중 첫째 딸 사위분이 목사님, 둘째 아들이 목사님, 넷째딸 사위분이 목사님, 자녀들 모두가 장로로 권사의 직분을 하나님의 선하신 일을 감당하는 가족의 믿음생활이 믿음생활을 하지 않는 지역 주민들에게 본이 되었다. 또한 큰집 장 조카님이 목사님, 둘째 조카분도 목사님~~.

육 남매가 모두 감사 찬송을 부르는데 그 어떤 모습보다도 아름다웠다.

구순 감사예배에 인사 말씀 중 "저는 기도밖에 드린 것이 없는데 더 잘 믿었어야 했는데…." 하는 말씀 속에 얼마나 겸손함이 묻어나는지.

믿음과 건강의 복을 주셔서 가족과 모든 지역 분들과 교회성

도들이 함께 모여 목사님 설교와 기도와 찬양으로 감사예배를 드리니 우리 교회뿐만 아니라 여기에 모인 모든 분들에게 얼마나 은혜가 풍성한지 모두에게 감동을 선사하셨다.

지난해에는 특별히 충청연회에서 황희성 장로님에게 기둥상(장로 40년)과 배출상(2인 이상 목사님)을 수여해서 경사가 풍성했다. 장로님 본인뿐만 아니라 교회에게도 큰 영광이 되었다. 다시 한번 진심으로 축하를 드립니다.

코로나19 비대면이 우리에게 주는 교훈

참을성 없다. 기본적인 대화를 잊었다. 어른들의 낯 가리기. 인류는 역경을 통해 발전한다. 위기는 기회라는 말이 있다.

일본 파나소닉 회장의 90 평생 경영철학.

나는 세 가지 하늘의 큰 은혜를 입고 태어났다.

첫째, 가난했다.

둘째, 허약했다.

셋째, 못 배운 것이다.

옛말에 "개천에서 용이 난다."라는 말이 있다. 이러한 일이 아주 없진 않지만 옛날보다 그리 쉬운 일은 아니다. 교육 수준도 부유한 가정에서 태어난 아이가 잘 먹고 잘 배우는 일이 많기 때문이다.

그러나 파나소닉 회장처럼 약함을 극복해서 오히려 강하게 성장하는 사람도 있다. 오늘 이 시대를 살아가는 우리는 이러한 강인한 정신력과 지혜가 더욱 요구되는 게 현실이다. 술 문화에서 문화, 예술, 여가, 취미, 차 문화 등등으로 자연스럽게 바뀌게 되었다.

우리의 삶을 한 단계 성장하게 만들었다.

아니 땐 굴뚝에 연기 날까?

하인리히 법칙(Heinrich's law)은 한 번의 큰 재해가 있기 전에, 그와 관련된 작은 사고나 징후들이 먼저 일어난다는 법칙이다. 큰 재해와 작은 재해, 사소한 사고의 발생 비율이 1:29:300이라는 점에서 '1:29:300 법칙'으로 부르기도 한다.

오늘 우리가 살아가는 세상은 많은 것을 알고 지내는 것 같지만 그렇지 않은 일들이 많이 발생하고 있다. 처마 밑의 받침돌이 작은 물방울에 패이듯 수많은 큰일들이 발생한다. 이러한 일들은 작은 징후들이 있었지만 소홀히 한 까닭이다. 작은 일에 정성을 다하면 더 큰 좋은 일들을 보게 된다. 복에 복을 더하게 됨을 깨닫게 되는 것이다. 손톱 밑 작은 가시가 사람을 어렵게 하듯이 작은 일을 소중히 여기는 자세를 가져야겠다.

안 해도 되는
책임을 지자

2022. 5. 7. (토) 제64차 국제와이즈멘 한국 지역 서부지구대회 및 총재 이·취임식.

한일욱 총재님의 이임사 중에 하신 말씀, "안 해도 되는 책임을 지자."

서부지구 총재를 하시면서 여러 클럽을 새로 만들었다. 회원 증가를 위해 불철주야 수고하시고 차기 한국 지역 총재로 취임 앞두고 계신다. YMCA는 예수 그리스도 가르침에 따라 모든 신앙인들이 서로 존경하고 사랑함으로써 함께 일하는 범세계적인 우호 단체이다. YMCA의 모토는 크게 세 가지이다. 1. 친교(Fellowship), 2. 교양(Culture), 3. 봉사(Service)이다.

북서지방장(배창섭 회장), 새당진회장(손화웅 회장)을 모든 회원들이 하나 되어 보다 나은 발전을 위해 친교, 교양, 봉사의 정신으로 '안 해도 되는 책임을 지는 마음으로 열과 성의를 다해 일하자.'

오늘 하루를
보내면서

"에녹은 므두셀라를 낳은 뒤에, 삼백 년 동안 하나님과 동행하면서 아들딸을 낳았다."(창 5:22)

사람은 태어나서 성장하고 아프고 병들어 반드시 한 번은 죽기 마련이다.

그러나 우리는 매사 일에 걱정이 많다.

하나님은 낮엔 해처럼, 밤에는 달처럼 온화한 모습으로 우리를 지켜 주신다.

하나님과 동행하면서 낮엔 해처럼, 밤에는 달처럼 매일 살기를 희망해 본다.

거시기[1]
인생

하근수 목사님의 빵점 인생에서 감독까지 되기까지 얼마나 많은 땀과 노력이 있었을까 반문하면서 나의 인생은 과연 몇 점짜리 인생인가?

다시금 나 자신을 돌아보면서~~.

나의 인생은 마이너스 인생에서 백 점짜리 인생으로 거듭나기 위해 오늘도 또 내일도 노력 중이다. 밑바닥에서 지금도 부족함을 채워 나가는 중이다.

우리는 백 점짜리 인생은 없다. 그것은 신적인 존재이기 때문이다.

남에게 피해 주지 않고, 남을 위해 도움을 주는 사람, 가정과 지역사회, 교회와 교우들, 국가를 위해 나는 오늘도 나의 부족함을 채워 간다.

---

1 거시기는 사투리가 아니고, 국립어학원에서 인정한 표준어. 1988년에 표준어로 등재됨.

거짓 없는
한 분

"…그는 거짓이 없고, 진실하신 하나님이시다. 의로우시고 곧기만 하시다."(신 32:4)

요즘에 많이 신문지상에 나오는 전세 사기 이야기다.

많은 어려운 사람들을 실망에 빠뜨려 생존권을 위협하여 급기야 죽는 사람도 발생하기도 하고 가족이 파탄지경에 이르기도 했다. 모두가 안타까운 일이다. 발생하지 않아야 할 일이 발생한 것이다.

저녁을 먹고 카페에서 차를 한 잔 마시면서 한 분 하시는 말씀이 "거짓이 없는 한 분은 오직 하나님 한 분뿐이다."라고 했을 때 얼마나 내 마음에 와닿는지 다시 한번 크게 깨닫게 되었다. 분명한 것은 오직 한 분, 메시아(하나님)임을 다시금 생각하게 된다.

정부에서 새로운 제도를 개선하고, 국회에서 좋은 법을 제정한다 해도 그 틈을 교묘하게 이용하는 사람이 있기 마련이다.

오늘도 하루를 생활하면서 거짓 없는 한 분(메시아)을 유념하면서 살아가자.

운동과 뇌는 불가분의 관계

쓰지 않은 기계가 녹이 슬듯이, 사람도 운동하지 않으면 몸의 움직임이 민첩하게 움직이지 않는다. 또한 운동은 사람의 각 기관들이 뇌와 연관되어 있다.

사람은 운동을 통해서 뇌가 자극을 받아서 자율신경, 교감신경, 부교감신경을 통해 때로는 조화롭게 원활하게 움직이기도 하지만 때론 불균형해서 몸이 제 기능을 하지 못할 때가 발생하기도 한다. 사람마다 자기 몸에 맞는 운동을 매일 매일 하는 것이 자기 뇌에 좋은 결과를 가져온다.

첫눈 내리는 밤

첫눈이 내리는 날은 누구나 시인이요, 예술가요, 동심의 세계로 되돌아간다.

한 나라의 대통령, 최고의 지도자가 되길 원한다.

사람은 누구나 각자의 자리에서 성공하기를 바라며 생활한다. 정상에 오르면 누구든지 반드시 내려와야 한다.

하얀 눈송이처럼 티 없이 맑고, 밝은 생각으로 일을 처리하고, 한 점 부끄럼 없이 일을 마쳐야 한다.

첫눈 내리는 밤은 누구에게나 설레기만 하다.

안섬
(젖섬)

송악읍 고대리에 안섬이 있다.

안섬은 고대리에서 어부가 바다에 나가서 일을 하면서 무사기원을 빌던 곳이 있다. 그곳에서 매년 무사기원제를 드리고 있다. 내가 지금은 송악읍(송악면)에 근무를 하면서 고대리(내도리)에 출장 중에 안섬 포구에서 내려다보면 나의 마음이 포근함을 느낀다.

어릴 적 엄마의 생명샘, 젖의 품에 안기며 젖을 먹고, 배부르면 편안하게 잠이 드는 곳이다. 그곳은 일명 젖섬이라고 내가 명명하기도 했다. 젖 모양으로 포근하게 감싸는 모습을 연출한다.

마음의 어려움이 있을 때 이곳에 출장 오면 마음의 평안함을 안겨 준다. 누구에게나 고향이 있듯이 나에게는 마음의 고향이 아니었나 생각해 본다.

하나님의 은혜

"그러나 나는 하나님의 은혜로 오늘의 내가 되었습니다…."(고전 15:10)

2024년 1월 1월부터 6월 30일까지 공로 연수 중이다.

나는 매일 아침 09시에 출근하여 오후 5시에 퇴근을 반복하고 있다.

시곡리에 있는 감골노년연구소로 책 한 권을 집필하기 위해 매일매일 출퇴근을 하고 있는 중이다.

공직 생활 35년을 마치며 내가 생활했던 일상의 과정을 정리하고 앞으로 나아갈 길 등등….

나는 점심을 먹고 황도복숭아를 쇼핑 가방에 넣고 자전거를 타고 연구소로 가는 길에 자전거의 앞바퀴가 꺾이면서 내 몸이 앞으로 쏠리면서 도로 앞으로 쓰러지게 되었다. 그러나 다행이도 시멘트 도로에 쓰러지지 않고 흙이 있는 도로 옆으로 쓰러져 큰 사고를 면하게 되었다. 코뼈도, 이도, 이마도, 안경 쓴 눈도―.

생사화복을 주관하시는 하나님!

덤으로 사는 나의 삶, 모든 사람에게 감사와 기쁨을 즐거움을 주는 생활을 하자.

하루하루가 모두 하나님의 은혜였음을 다시금 깨닫게 된다.

시곡리 노래

작사 황희성 장로

1. 금수강산 삼천리에 명승고지 많다 해도
   우리 고향 시곡 마을 아름답고 신기하다.
2. 요강산이 중심 되어 마을 기초 튼튼하고
   태백산이 석주 되어 견고하게 지은 마을
3. 황금산에 황금으로 아름답게 장식하고
   책상봉이 상좌에서 강대상이 되었도다.
4. 이 마을은 분명하게 하나님의 교회로다.
   이 마을에 모든 사람 하나님의 자녀로다.
5. 남녀노소 모두 나와 하나님께 예배하고
   그 말씀을 잘 배워서 금생 내세 복 받으라.

부록

장로 안수식

장로 취임 축하사진

장로 안수 기념사진

박사 취득 기념 가족사진

장세철 학과장과 한정란 지도교수 기념사진

계성초등학교 18회 친구들과 유장식, 고광기,
노기신 선생님과 17대 백종석 회장

계성초등학교 역대 동문회장

충남북서지방 새당진클럽

한서대학교 노년교육연구회 모임

신성대 07학번 단합대회

청송회 회원 일동, 시곡동 친구들

합덕읍 50주년 기념식수

석문면이장단협의회 한국동서발전 당진화력 지역상생 협의

합덕이장단부부단합대회

당진시 농공지회송별회 기념사진

감골노년연구소

말씀 안에서 차원이 다른 인생을 살자

초판 1쇄 발행 2024년 10월 17일

지은이 김왕기
펴낸이 이기봉
편집 좋은땅 편집팀
펴낸곳 도서출판 좋은땅
주소 서울특별시 마포구 양화로12길 26 지월드빌딩 (서교동 395-7)
전화 02)374-8616~7
팩스 02)374-8614
이메일 gworldbook@naver.com
홈페이지 www.g-world.co.kr

ISBN 979-11-388-3603-6 (03810)